글쓰는
여자의
공간

글쓰는
여자의
공간

타니아 슐리 지음
남기철 옮김

여성 작가 35인,
그들을 글쓰기로 몰아붙인
창작의 무대

이봄

"여성 작가에게 가장 필요한 조건은
무엇이라고 생각하십니까?"

"아, 그건 제가 뭐라고 말할 수 없어요.
다분히 개인적인 문제거든요.
사람마다 각기 다른 조건이 필요하겠죠."

_캐서린 앤 포터

차례

자기만의
책상이 있다는 행복

여자들은 어디에서 글을 썼을까? 또 어떤 방법으로 썼을까?

과거에 서양에서는 잉크와 종이가 있어야만 글을 쓸 수 있었다. 더불어 잉크병을 올려놓을 튼튼한 탁자와 종이 밑에 받칠 깔개도 필요했다. 그래서 역마차를 타고 이동하거나 여행을 할 때는 제대로 글을 쓰는 게 불가능했다. 대부분의 여자들이 글을 쓰는 곳은 부엌이었을 것이다. 물론 병마에 시달렸던 콜레트처럼 부유한 집안의 여자들은 거실이나 침실의 침대에서 쓰거나 책상에 앉아 쓸 수도 있었다.

♦ Elke Heidenreich. 1943년 출생. 독일의 소설가이자 동화작가, 평론가이다.
주요 작품으로『검은 고양이 네로』, 『세상을 등지고 사랑을 할 때』, 『분홍 돼지』등이 있다.

단순히 손으로 쓰는 건 마음만 먹으면 어디서든 할 수 있었다. 길을 가다가, 여행중에 호텔에서, 무릎 위에서, 심지어 침대에 누워서도 가능했다. 하지만 타자기가 등장하면서 그걸 올려놓을 단단한 탁자와 별도의 작업 공간이 필요해졌다. 그다음 등장한 것은 컴퓨터였다. 이 새로운 도구는 글쓰기를 한결 간편하게 만들어주었다. 요즘은 많은 사람들이 노트북 컴퓨터를 이용하여 세계 곳곳으로 소식을 보낸다.

차분하게 집중해서 글을 쓰기에 적당한 공간은 어디일까? 여자들은 남자들과 달리 글을 쓰기 위해 특정한 환경이 필요한 걸까?

버지니아 울프는 정원과 들판이 보이는 넓은 작업실에서 글을 썼다고들 한다. 하지만 그가 살았던 '몽크스 하우스Monk's House'의 관리인이었던 루이 메이어는 다르게 증언한다. "아침식사를 들고 울프 부인의 침실에 들어가면 부인이 매번 밤에 글을 썼다는 걸 알 수 있었어요. 종이와 연필이 침대 옆에 놓여 있었는데, 눈 뜨자마자 일하기 위한 거였죠. 잠도 거의 안 자고 일한 것처럼 보이는 날도 많았어요. 방안에는 같은 문장을 반복해서 쓴 종이들이 수북이 쌓여 있었죠. 의자 위나 책상 위, 방바닥…… 여기저기에요. 글을 쓰면서 원고를 자기 주변에 쌓아놓는 게 울프 부인의 습관이었지요. 거실, 식당, 책상, 벽난로 선반까지…… 집안 곳곳에 원고가 쌓여 있었어요."

버지니아 울프는 넓은 서재를 가지고 있었음에도 침실과 집안 곳곳을 어지럽히며 글을 썼다.

내가 아는 한 남자는 집에 크고 멋진 서재가 있으면서도 글을 쓸 때는 시끌벅적한 술집으로 간다. 그는 그곳에 혼자 앉아 아무런 방해도 받지 않고 글을 쓴다. 주변에 있는 손님들이 맥주를 마시며 떠드는 와중에도 글쓰기에 몰두한다고 한다. 그에게는 떠들썩한 술집이 글쓰기에 필요한 일종의 환경 조건인 셈이다. 꽃다발을 올려놓은 책상 위에서만 글을 쓸 수 있는 여자도 어딘가에 있지 않을까? 책상에 특정한 그림을 올려두어야 하거나 정해진 조명 아래에서만 글을 쓰는 여자도 있지 않을까?

잘 모르겠다. 하지만 나 자신에 대해서는 잘 알고 있다. 어린 시절, 제2차세계대전이 끝나고 우리 가족은 비좁은 방에서 함께 살았다. 유일하게 난방이 되는 곳은 부엌이었기에, 우리는 거기에서 음식을 만들고 식사를 하고 대화를 나누고 라디오를 듣곤 했다. 세수조차 부엌에서 했는데, 다른 곳엔 상수도 시설이 없었기 때문이다. 그 부엌에서 팬케이크를 만들던 어머니의 모습이 눈에 선하다. 라디오에선 청취자들이 신청한 음악이 흘러나오고 어머니는 늘 베르디의 〈라트라비아타〉에 나오는 제르몽의 아리아를 따라 불렀다.

프로벤자의 바다와 땅을
누가 네 마음에서 지워버렸느냐?
네 고향의 눈부신 태양을
어떤 운명이 빼앗아갔느냐?

그럴 때면 아버지는 내가 잠을 자던 곳인 부엌 소파에 몸을 기댔다(후일 아버지가 떠나신 후에는 어머니가 거기에서 잤고 나는 거실에 있는 소파베드를 썼다). 아버지는 소파에 누워 이집트산 담배를 피우면서 내가 길 건너 레스토랑에서 사온 맥주를 마셨다. 나는 식탁에 앉아 이집트산 담배, 맥주, 팬케이크의 냄새를 맡고 베르디의 음악을 들으며 노트에다 '렌헨'의 이야기를 적었다.

부모를 잃고 많은 형제자매들과 함께 남겨진 렌헨. 그는 무슨 일이든 척척 해내는 소녀였다. 렌헨은 팬케이크를 만들고 이집트산 담배를 피웠으며 동생들에게는 이렇게 말하곤 했다. "장난 그만하고 학교 숙제나 해!" 어머니는 음식을 만들다 말고 고개를 돌려 나한테 말했다. "너야말로 지금 숙제를 하는 거니, 아니면 장난을 치는 거니?"

내가 하던 건 장난이었다. 그때 나는 동화를 쓰고 있었다. 내 나이는 아홉이었고, 나 자신이 렌헨이었다. 물론 진짜 이름은 엘케 헬레네였지만.

그 시절 내가 글을 쓰던 부엌 식탁이 나의 첫 책상이었다. 몇 차례 이사를 거치면서 책상으로 쓰는 식탁도 여러 번 바뀌었다. 그러다 처음으로 나만의 책상을 갖게 되었을 때 무척 흐뭇해했던 일이 기억난다. 서랍이 달린 낡은 식탁이었을 뿐이지만, 학생인 내게 나만의 책상은 침대보다 훨씬 소중했다. 침대는 친구가 와서 자기도 하고 사랑하는 가족이 자기도 하지만, 책상은 오직 나만의 공간이었으니까.

지금도 나는 누군가 내 책상에 털썩 앉는 행동만은 참을 수 없다. 누구든 우리집 부엌에서 요리를 할 수 있다. 부엌 선반도 늘 열려 있다. 내 집에서 하룻밤 자는 것도 환영이다. 심지어 옷장에서 내 옷을 꺼내 빌려줄 용의도 있다. 내 집엔 별다른 비밀도 없고 지켜야 할 재산도 없다. 하지만 나의 책상만은 신성불가침의 공간이다!

　내 집에는 책상이 세 개 있다. 가장 예쁜 유겐트 양식의 소형 책상은 사적인 우편물들을 처리하는 곳이다. 이 책상에는 컴퓨터도 타자기도 없다. 대신 종이와 만년필, 잉크병이 놓여 있고 예쁜 조명 램프가 빛을 발하고 있다. 그 밖에도 내가 좋아하는 자질구레한 물건들이 놓여 있다. 마음을 따뜻하게 해주는 이 책상 위에서 나는 손으로 장문의 편지를 쓰기도 한다. 음악을 듣기도 하는 이 책상에는 늘 꽃과 와인 한 잔이 놓여 있다.

　서재에는 커다란 책상이 둘 있다. 한 책상에는 책들이 쌓여 있고 메모지와 계획표, 미완성 원고 같은 것들도 놓여 있다. 이 책상에는 신문에 난 비평이나 기사, 읽고 싶거나 읽어야 하는 책들을 쌓아둔다. 그 위로는 유리구슬을 하나씩 얹어놓았다. 한번은 유리구슬을 관통해 들어온 햇빛이 원인이 되어 방에 불이 난 적이 있다. 그후로는 책상을 북쪽 창가 쪽에 배치한다.

　또다른 책상은 내가 글을 쓰는 공간이다. 이 책상은 장비들로 가득하다. 컴퓨터, 프린터, 전화기 두 대, 서류함, 팩스 등 죄다 일을 떠올리게 하는 것들이다. 내 작품은 모두 여기서 탄생한다.

물론 글쓰기의 재료들이 이 자리에서 바로 나온다는 말은 아니다. 나의 글쓰기는 언제나 메모에서 비롯된다. 내 가방에는 늘 연필과 함께 메모장이 들어 있다(볼펜도 그냥 가지고 다니는데, 그걸로 무얼 쓰는 일은 없다). 나는 늘 연필로 조심스럽게 메모를 한다. 시간과 장소는 상관없다. 기차 안에서, 대합실에서, 침대에 누워, 부엌에서, 밤에 잠이 오지 않을 때…… 무엇이든지 메모한다. 아이디어가 떠오르면 생각을 하고 메모를 하는데, 이런 단어들이 문장이 되면서 하나의 이야기가 된다.

마무리는 역시 글쓰는 책상에 앉아서 한다. 그리고 마무리 작업이 끝나면 예쁘고 자그마한 책상으로 돌아가 펜에 잉크를 묻혀 편지를 쓴다. "사랑하는 레오니에게, 오늘 글이 완성되었어……."

얼마나 행복한지!

이 책에는 다양한 공간과 환경에서 글을 썼던 여성 작가들의 이야기가 담겨 있다. 그중에는 매우 열악한 조건에서 글을 썼던 여자들도 있다. 분명 책상이 세 개나 있는 나와 같은 특권을 누리지 못했던 여자들이다. 하지만 결국 사람은 모두 같은 공간에서 글을 쓰는 법이다. 바로 머릿속이란 공간이다. 무엇인가 머리에 떠오르면 부엌 식탁이든 책상이든 침대든 어디든 앉아 메모를 할 수 있다. 메모는 우리의 머릿속에서, 우리의 영혼에서, 우리의 가슴에서 구체화되어 세상에 공개된다. 물론 메모에서 항상 작품이 탄생하는 것은 아니지만.

여성 작가들의 작품들은 언제, 어디서, 어떻게 탄생했을까? 연구해볼 가치가 있는 이 질문에 대한 해답은 이 아름다운 책에서 찾게 될 것이다.

침대에 기대어 또는
부엌 식탁에 앉아 쓰다

　여러분은 이 책에서 책상에 앉아 고개를 숙인 채 글을 쓰고 있는 여성 작가들의 사진을 종종 보게 될 것이다. 주로 혼자서 글쓰기에 몰입한 순간을 담은 사진들이다. 종이나 타자기, 혹은 모니터에서 눈을 떼고 정면을 바라보는 모습을 담은 사진도 있다. 반면, 글쓰기는 다분히 개인적인 일이라는 이유로 글쓰는 장면을 촬영하지 못하게 한 작가들도 있다. 이런 경우에는 빈 책상이나 만년필, 종이를 끼워넣은 그들의 타자기를 보는 것만으로 만족해야 한다.

　이 사진들은 우리에게 여러 여성 작가들의 이미지를 심어준다. 주변 디테일이나 책상, 서재 등의 분위기를 보면 그가 어떤 작업 환경이나 생활 환경에 있었는지를 추론할 수 있다. 이러한 환경, 즉 작가가 사는 곳, 주변 풍경, 작업 공간, 책상 등 모든 요소들은 작가에게 영감을 주며, 어떤 경우에는 작품을 탄생시키기도 했다.

버지니아 울프는 독자들이 집으로 찾아오는 것을 좋아하지 않았다. 작가의 집을 방문하는 일은, 그것을 통해 작품에 대한 이해의 폭을 넓힐 수 있을 때만 의미가 있다고 생각했다. 그것은 내가 이 책을 읽는 독자들에게 바라는 것이기도 하다.

자기만의 방이 없었던 작가들

많은 여성 작가들은 카페나 도서관 같은 공공장소에서 글을 써야 했다. 글을 쓸 장소가 집에 없었거나 난방 시설이 열악했거나, 이래저래 여건이 안 되었기 때문이다. 오늘날 영국에서 가장 많은 돈을 버는 여성 중 한 사람인 조앤 K. 롤링도, 그 유명한 시몬 드 보부아르도 그랬다. 반면 노벨문학상 수상자인 토니 모리슨은 식기와 빵 조각이 어질러진 부엌 식탁에서 글을 썼다. 중국 작가 장지에張潔는 화장실 변기 위에 널판때기를 올려놓고 앉아 6백 쪽에 달하는 장편소설을 썼다.

정신을 집중할 수 있는 자기만의 공간도 필요하지만 글을 쓰기 위해서는 시간도 있어야 한다. 이는 아이들을 돌보고 집안일을 하는 게 여자들의 의무였던 시절에는 가당치도 않은 일이었다. 20세기 중반을 살았던 실비아 플라스도 이 문제에 부딪혔다.

카렌 블릭센, 셀마 라게를뢰프, 이사벨 아옌데 등은 훨씬 사정이 좋았다. 그들은 여비서까지 두고 있었으니까.

글쓰는 공간의 조건은?

글쓰는 시간을 정해놓았을까, 아니면 아무때나 썼을까? 사람들이 찾아오고, 전화가 걸려오고, 음악 소리가 들리는 환경에서 글을 썼을까, 아니면 조용한 분위기에서 썼을까? 영감을 얻기 위해 특정한 사물이 있어야 했던 작가들도 있었다. 어떤 작가는 무릎 위에 고양이를 앉히거나 여러 권의 백과사전을 보면서, 혹은 가족이나 연인의 사진을 보면서 영감을 얻었다. 여행의 기억을 떠올리게 하는 물건이나 싱싱한 장미꽃 다발, 담배, 차 한 잔을 필요로 하는 작가도 있었다. 머릿속의 생각을 종이에 옮기기 위해 특정한 시간대를 이용해야 한다든가 나름의 의식을 거쳐야하는 작가도 있었고, 사물과 대화를 나눈 작가도 있었다. 어떤 작가는 아무런 방해를 받지 않아야만 글을 쓸 수 있었다. 이 경우엔 주변에 책상 하나와 의자 하나, 그리고 종이 외에는 아무것도 보이지 않아야 했다.

책을 쓰거나 시를 짓는 장소는 늘 동일한 곳이었을까? 항상 같은 작업실에서? 아니면 아무데서나? 고정된 작업 공간이 필요 없었던 작가들도 있었다. 이들은 늘 여행을 다니면서 장소에 구애받지 않고 글을 썼다. 추방 명령을 받고 고국을 떠나야 했거나 저술 활동이 금지된 작가도 있었다.

작가에게 작품을 쓰는 환경은 중요한 요소이다. 작품을 탄생시키기 위해서는 각종 소음으로 왁자지껄한 도시가 좋을까, 아니면 시골과 같은 조용한 자연 속 공간이 좋을까? 섬, 산꼭대기, 혹은 자그마한 독방, 아니면 일급 호텔? 익숙한 장소와 전혀 새로운 공간 중 어떤 게 나을까?

글을 쓰는 장소는 경우에 따라 피난처나 낙원이 되기도 하고, 때로는 지옥이 되기도 한다. 어떤 책상에 앉으면 편안함을 느끼며 자신에게 몰입할 수 있다. 하지만 다른 어딘가에선 자기 회의에 빠져 글을 쓰지 못하거나 자기 파괴적인 발작을 일으킬 수도 있다.

참고 자료에 대해

여성 작가들의 외양이나 작업 환경을 살피기 위해 사진이나 일기, 편지, 소설, 인터뷰 등을 참고했다. 샬럿 브론테나 제인 오스틴은 사진이 없어 초상화를 이용했다. 제인 오스틴의 경우엔 그마저도 사후에 제작된 그림이다. 여성 작가들이 쓰던 방이나 책상 등을 묘사하기 위해, 동시대를 같이 살면서 작가를 목격했던 사람들이나 일가친척들의 진술을 참고하기도 했다. 많은 세월이 지나 작가가 살던 집이 박물관으로 바뀌는 바람에 참고 자료를 구하기 힘든 경우도 있었다.

사진은 작가를 독자들과 연결해준다. 문학에 관심이 있는 사람들은 작품을 쓴 작가에게 호기심을 갖기 마련이다. 사진 기술이 발명된 이래로 사람들은 작품을 읽으면서 글을 쓴 작가의 얼굴을 떠올린다. 심지어 때로는 글을 읽기도 전에 머릿속에 작가의 사진부터 담는 일도 있다. 1930~40년대만 해도 책 표지에 작가의 사진이 실리는 일은 없었다. 독자들은 작가의 얼굴을 알지 못했으며 사진을 구할 수도 없었다. 엘리자베스 보엔은 자신의 대리인이었던 커티스 브라운에게 이렇게 썼다. "거의 모든 작가들, 특히 여성 작가들의 사진을 보면 책 내용에 대해서는 흥미를 잃게 됩니다."

사회학자이자 사진작가였던 지젤 프로인트는 사진의 힘을 일찌감치 알고 있었다. 그는 1933년 파리로 이주해서 작가들의 사진을 찍기 시작했다. 프로인트가 찍은 많은 예술가들의 사진은 오늘날까지도 그들을 대표하는 이미지로 남아 있다. 사진작가 프로인트의 명성은 여성 작가들을 빛나게 했다. 반대로 여성 작가들의 명성이 지젤 프로인트를 빛내주기도 했다.

작가 선정에 대해

"안타깝게도 내가 좋아하는 여성 작가가 없네요!"

아마 이렇게 말하는 독자들도 있을 것이다. 여성 작가를 선정하는 일은 쉽지 않았다. 18세기에 활동했던 작가부터 현재 활동 중인 작가까지, 마흔 명 좀 덜 되는 여성 작가들이 포함되었다. 이중 대부분은 영어로 작품을 쓴 영미권 작가들이며 몇몇은 프랑스 출신의 작가들이다. 언어를 바꿔 글을 쓴 작가들도 있다. 독일에서 태어나 미국으로 망명한 한나 아렌트가 그런 예다.

여러분들은 이 책을 통해 글을 쓰지 않고는 살 수 없었던 몇 몇 여성 작가들을 알게 될 것이다. 잉에보르크 바흐만과 시몬 드 보부아르로 대표되는 이 작가들에게 인생은 곧 글쓰기를 의미했다. 또한 글쓰기를 통해 큰 불행을 극복했던 이사벨 아옌데와, 무미건조한 삶에서 탈출했던 제인 오스틴과 샬럿 브론테를 만나게 될 것이다. 온실을 수리할 돈을 벌기 위해, 요리를 하면서 작품을 구상했던 애거사 크리스티와 시도니가브리엘 콜레트도 만나보게 될 것이다.

나는 이 책에서 작품 해석을 시도하지 않았다. 다만 독자들이 작가에게 친숙함을 느끼고 보편적인 인식을 갖고 나아가 작가의 글을 읽고 싶은 충동이 들게 하려고 노력했다. 이 책에 소개한 작가들에 대해 호기심이나 못마땅한 구석이 생기거나, 그들에게 뭔가를 묻고 싶어지거나, 다시 한번 그들의 책을 읽고 싶은 생각이 든다면 나로선 더이상 바랄 것이 없다!

이 책에 등장한 여성 작가들 중 다수는 서로 친분이 있거나 아주 친했던 작가들이다. 반대로 서로 좋아하지 않았거나 경쟁 관계였던 경우도 있다. 이 책에 함께 소개된 것을 알면 "죽어도 안돼!" 하고 외칠 작가도 있을 것이다. 메리 매카시는 한나 아렌트의 절친한 친구이자 지지자였다. 반면 시몬 드 보부아르는 메리 매카시를 좋아하지 않았다. 카슨 매컬러스는 1950년 5월 아일랜드의 농가로 엘리자베스 보엔을 찾아가 4주 동안 머물렀다. 카슨 매컬러스는 안네마리 슈바르첸바흐를 열렬히 사랑했다. 하지만 슈바르첸바흐는 에리카 만을 사랑했고…….

이 책에는 나의 개인적인 의견도 종종 담겨 있다. 나는 이 책을 쓰면서 작가들의 작품을 다시 읽으며 그것들을 더 깊이 이해할 수 있었다. 이 작품들은 거듭된 이사와 책 정리를 거치고도 여전히 내 곁에 남아 있는 책들이다!

바버라 카틀랜드

이디스 워튼

아룬다티 로이

안나 제거스

에리카 만

마거릿 미첼

클라리시 리스펙토르

뮤리엘 스파크

앤 섹스턴

2007년 노벨문학상 수상 후 집앞에서 인터뷰하는 도리스 레싱.

1775.12.16~1817.7.18

JANE AUSTEN

제인 오스틴

" ——————————————— "

세상의 절반은
나머지 절반을 이해하지 못한다.

"홀 부인이 어제 아이를 유산했어. 출산 예정일을 몇 주밖에 안 남기고 말이야. 무슨 충격 때문이라는데 내 생각엔, 자기도 모르게 자기 남편 얼굴을 쳐다보고 그렇게 된 게 아닌가 싶어."

"여자가 청혼을 거절하는 것은 남자들에게 늘 이해할 수 없는 일이죠."

위의 두 문장은 영 친근하게 들리지 않는다. 냉소적인 내용은 물론이고, 제인 오스틴이 결혼과 출산에 부정적이었음을 보여주고 있다. 오스틴은 언니에게 보낸 편지에서 독신을 고집하는 이유를 이렇게 썼다. "부엌에서 요리하는 데만 몰두하면 어떻게 소설을 쓸 수 있겠어?"

제인 오스틴은 작품이 출간된 지 2백 년이 지나서야 명성을 얻었다. 그의 작품들은 새로이 출간되었고 영화로 만들어져 관객들의 사랑을 받았다. <브리짓 존스의 일기>처럼 오스틴의 작품을 모티프로 한 영화도 제작되었다. 하지만 정작 그는 작가로 성공하여 유명해지고 싶다는 욕심은 진즉에 접어둔 처지였다. 제인 오스틴의 시대에 여자로서 소설을 쓴다는 것은 여의치 않은 일이었기 때문이다. 오스틴은 이름을 밝히지 않고 '어느 숙녀 By a Lady'라는 익명으로 작품을 발표하는 수밖에 없었다. 다만 적어도 오스틴은 자신을 작가라고 여겼다.

None of us want to be in calm waters
all our lives.

평생을 얌전하게만 살고 싶어하는
여자는 아무도 없다.

간절히 고대하던 집

1809년, 마침내 제인 오스틴은 햄프셔 지방의 초턴이라는 마을에 집을 구했다. 박공지붕을 올린 커다란 집으로 중심가인 윈체스터에서는 수 킬로미터 떨어진 조용한 곳이었다. 오빠 에드워드가 유산으로 물려받은 이 집을 두 여동생인 제인과 카산드라, 그리고 어머니에게 준 것이었다.

제인 오스틴이 살던 초턴 집의 수채화.

마침내 찾아온 휴식의 시간, 오스틴의 나이는 어느덧 서른넷이었다. 그전에는 영국 남부의 이곳저곳을 옮겨다니면서 편안함을 느낄 수 없는 집과 혐오스러운 환경 속에서 살았다. 친척들의 도움에 의지하며 지냈고, 늘 찾아오는 사람들에게 둘러싸여 있었으며 엄격한 사회적 제약에 묶여 살아야 했다. 돌아온 초턴의 집에는 예전의 가구와 책, 예전에 치던 피아노, 그림 등 익숙했던 것들이 그대로 남아 있었다.

오스틴은 고작 8년 정도 남은 생애 동안 이 조용한 환경에서 글을 써나갔다. 그의 전기를 쓴 엘제마리 말레츠케는 이렇게 적고 있다. "그는 때때로 큰 집에 혼자 앉아 소설을 썼다. 식탁 다섯 개와 의자 스물여덟 개, 벽난로 두 개가 있는 집이었다."

"초턴의 우리집, 얼마나 갖고 싶었던 집인가, 벌써 우리 마음을 흡족하게 하네, 이 집이 완성되면 분명 다른 집들을 전부 압도하겠지."

오스틴은 오빠 프랜시스에게 보낸 편지에 이런 시를 쓸 정도로 초턴의 집을 좋아했다. 초턴의 벽돌집에서 그는 아침식사를 담당했다. 차와 설탕을 챙기고, 지하실을 정리하는 일도 그의 몫이었다. 그리고 식사가 끝나면 식탁에 앉아 글을 썼다. 나중엔 작은 원형 테이블이 생겼는데, 외다리에 상판이 호두나무로 된 12각형 테이블이었다. 아마도 이것은 세계적인 명작이 쓰인 가장 작은 테이블일 것이다.

1804.7.1~1876.6.8

GEORGE SAND

조르주 상드

" ———————————————————— "

슬픔이 밀려오려 하면
나는 글을 쓴다.

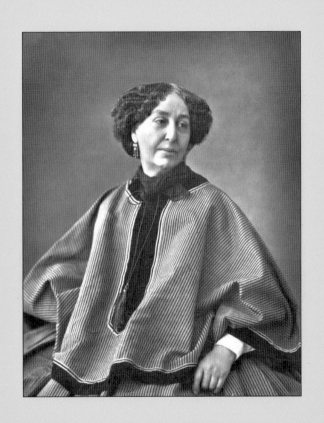

뒤드방 남작과 결혼한 조르주 상드는 오로르 뒤드방이라는 이름을 얻었다. 열여덟 살에 시작한 이 결혼생활은 불행했고, 첫 아이를 낳고 얼마 지나지 않았을 때 그 불행을 암시하는 듯한 일이 벌어졌다.

"어느 날 아침, 아침식사를 하는 도중 아무런 이유도 없이 갑자기 눈물이 흘러내렸다. 남편은 깜짝 놀란 표정을 지었다."

상드는 9년 만에 남편을 떠나 1831년 파리로 향한다. 이제 직접 돈을 벌어 생계를 꾸려나가야 했다. 어머니의 조언에 따라 여자옷보다 훨씬 싸고 튼튼한 남자옷을 입기 시작한 것도 이때였다. 상드는 남자처럼 자유롭게 파리 거리를 누비고 다녔고, 남학생들만 구매할 수 있었던 극장의 입석 티켓을 사서 연극을 관람하기도 했다.

돈을 벌기 위해 『르 피가로』와 같은 매체에 글을 기고하기 시작한 상드는 1년 뒤에 첫 장편소설 『앵디아나』를 썼다. 하지만 본인의 이름을 책에 내걸 수는 없었다. 여성들은 동행자 없이는 극장이나 카페도 드나들 수 없던 시대였으니까. 결국 '조르주 상드'라는 남자 이름을 필명으로 하여 책을 출간했는데, 이 책이 출간과 동시에 베스트셀러가 되면서 상드는 일약 유명 작가가 되었다.

"나는 쇠로 만든 뒷굽이 달린 구두를 신고 도시 끝에서 반대편 끝까지 뛰어다녔다. 눈이 오나 비가 오나 늘 집밖으로 나와 여러 극장을 돌아다니며 맨 아래층 좌석에서 연극을 보았다.

아무도 나에게 관심을 두지 않았으며, 남자로 변장한 내 모습을 알아보는 사람도 없었다."

외젠 들라크루아가 그린 상드, 1834년

There is only one happiness in life,
to love and be loved.

삶에는 오직 하나의 행복이 있다.
사랑하는 것,
그리고 사랑받는 것.

상드의 연인으로는 알프레드 드 뮈세, 프란츠 리스트, 프레데리크 쇼팽, 귀스타브 플로베르 등이 있었다. 뮈세와 헤어지고 나서 자신의 긴 머리를 잘라 그에게 보낸 일도 있었는데, 그때의 상드를 외젠 들라크루아가 화폭에 담은 그림도 남아 있다.

연인들과의 왕성한 사랑 이상으로 상드는 글쓰기에 깊이 몰두했다. 그는 한번 글을 쓰기 시작하면 그야말로 미친듯이 써내려갔다. 하루에 일곱 시간에서 열세 시간씩 집필했으며, 커피와 담배로 잠을 쫓으며 밤 시간에 글쓰는 걸 좋아했다. 보통 장편소설 한 권을 집필하는 데 두 달이 소요되었고, 고작 나흘 만에 쓴 작품도 있었다. 새벽 세시쯤 집필이 끝나면 편지를 썼는데 하룻밤에 스무 통을 쓰기도 했다. 그는 180권의 책과 1만 5000장의 편지를 남겼으며 수없이 많은 신문기사를 썼다. 한 사람이 평생 다 읽기도 힘든 양이다.

연인이었던 테오필 고티에가 '진저리'를 치면서 상드의 글쓰기 탐닉에 대해 증언하길, 그는 새벽 한시경에 작품을 탈고하고 나서 다음날이면 바로 다음 작품의 집필에 들어갈 정도였다고 한다. 여전히 손으로 깃펜을 들고 힘겹게 글을 쓰는 시대에, 그는 왜 그토록 체력이 고갈될 정도로 많은 글을 썼을까?

"나는 쉬지 않고 글을 써야 한다. 내 딸을 키우고, 내가 다른 사람들이나 나 자신을 위해 해야 할 의무를 충분히 이행하기 위해

서다." 상드는 본인과 아이들을 위해 돈이 필요했던 것이다. 6주에 한 번씩 120쪽 분량의 원고를 꾸준히 출판사에 보냈던 일차적이유는 다름 아닌 돈이었다.

물론 어쩌면 또다른 이유도 있었을지 모른다. 그는 이런 글도 남겼다. "슬픔이 밀려오려 하면 나는 글을 쓴다. 글을 쓸 때면 나는 모든 것을 잊어버린다."

상드의 고향 노앙에 있던 푸른 방 >

1811.6.14~1896.7.1

HARRIET BEECHER-STOWE

해리엇 비처 스토

"——————————————"

나 자신을
글쓰기로 몰아넣기 위해
내 방이 있어야 합니다.

미국 최초 저항 소설을 쓰다

때때로 작가가 집필을 하는 곳이 어디에 위치해 있는가는 매우 중요하다. 『톰 아저씨의 오두막』을 쓸 무렵의 해리엇 비처 스토는 미국 메인 주 브런즈윅에 있는 대저택에 살고 있었다. 남편은 그곳의 신학교 교수였다. 살기 좋은 집이었고 집주인의 신분에도 어울리는 편이었다. 저택 전면에는 창문이 여러 개 있었고 집 뒤에는 부속 건물도 있었다. 넓은 부지의 땅에는 키 큰 나무들이 심어져 있었다.

해리엇은 이곳에서 자신의 안전이나 생명이 위협당할 걱정을 할 필요가 없었다. 그는 노예제도에 분개하면서 그것의 부당함에 대한 글이나, 도망친 노예를 돕는 백인들을 범죄자로 규정한 당시의 법에 반대하는 글을 어떤 처벌도 받지 않고 쓸 수 있었다. 이는 전부 그가 뉴잉글랜드 메인 주에 살고 있었기에 가능한 일이었다. 만약 해리엇이 남부 연합군 지역에서 살면서 『톰 아저씨의 오두막』을 썼다면 그는 목숨을 잃었을 것이다. 아니, 애초에 이 책이 세상에 나올 일도 없지 않았을까?

1852년 출간된
『톰 아저씨의 오두막』 표지

I did not write it. God wrote it.
I merely did his dictation.

나는 글을 쓰지 않았다. 신이 써준 것이다.
나는 그저 받아쓰기를 했을 뿐이다.

1850년 의회에서 도망 노예 송환법이 통과되었을 때 해리엇은 부정하고 비도덕적인 정부에 분노하여 노예제 폐지론자가 된다. 이에 더해 올케가 보낸 다음과 같은 내용의 편지는 그의 마음을 크게 움직였다.

"내가 언니처럼 펜을 잡을 수만 있다면, 미국 국민들 모두가 알아야 할 내용을 쓰겠어요. 이 저주받아 마땅한 노예제도에 대해서 말이에요."

편지에 담긴 바람을 이행한 해리엇은 나중에 신이 그로 하여금 책을 쓰도록 명했다고 술회했다.

그는 1851년 6월부터 잡지 「내셔널 이러National Era」에 『톰 아저씨의 오두막』을 연재했다. 원래 이 소설은 몇 가지 에피소드만 담기로 계획되어 있었는데, 광범위한 소재와 독자들의 큰 호응에 힘입어 장편소설로 확장되었고 이듬해 책으로 출간되었다.

1862년 링컨 대통령은 해리엇을 만나 이런 말을 건넸다.

"당신이 이 커다란 전쟁을 촉발시킨 책을 쓴 작은 여인이로군요?"

그 말대로였다. 해리엇의 소설은 미국 노예해방과 남북전쟁의 도화선이 되었고 세상을 바꾸어놓았다.

"나 자신을 글쓰기로 몰아넣기 위해 내 방이 있어야 합니다."라는 문장은 해리엇이 신학자인 남편 캘빈 엘리스 스토에게 1842

년에 쓴 편지의 일부다. 해리엇은 가난한 신학교 교수였던 캘빈 스토와 결혼하여 재정적인 어려움 속에서도 슬하에 일곱 명의 자녀를 두었다.

인용문에 담긴 속뜻은 글을 쓰고 싶다는 의지도, 글을 써야 한다는 소명의식도 아니다. 오직 돈을 벌어야 한다는 뜻일 뿐이다. 대가족을 부양해야 했던 그는, 『톰 아저씨의 오두막』이 출간되어 베스트셀러가 되기 전까지, 전전긍긍하며 돈을 벌어야 했다.

1850년대에 은판사진법으로 찍은 왼쪽의 사진에는 수놓은 테이블보로 덮인 책상 옆에 앉은 작가의 모습이 담겨 있다. 책상 위의 사기 화분에는 독특한 모양의 나무가 심어져 있다. 글을 쓸 수 있는 자기 방이 있어야 한다고 요구했던 그의 책상이지만, 딱히 별다른 사무용품은 보이지 않는다. 온화한 인상을 하고 있는 해리엇의 시선은 먼 곳을 바라보고 있다. 두 손은 앞으로 모아 경건한 느낌을 주는 자태를 하고 있다. 그는 작가로서, 그리고 신앙인으로서 자신의 일과 삶이 자신의 신앙과 일치하는지 늘 되묻곤 했다.

1816.4.21~1855.3.31

CHARLOTTE BRONTË

샬럿 브론테

" ——————————————— "

나는 독립적인 의지를 가진
자유로운 인간이다.

왜 에밀리나 앤이 아니고 하필 샬럿이냐고 물어볼 독자도 있을 것이다. 독일 작가 아르노 슈미트가 이름붙인 "청회색 자매들"의 다른 두 동생도 재능 있는 작가였으니까.

샬럿 브론테는 제인 오스틴이 죽기 일 년 전 태어났다. 샬럿은 육 남매 중 셋째였고 두 언니는 잇달아 폐결핵으로 죽었다. 제인 오스틴이 처했던 상황과 마찬가지로, 샬럿 브론테가 살던 시대도 여성에게 달라진 건 없었다. 여전히 여자들이 있을 곳은 집뿐이었다. 자매들은 생애 대부분의 시간을 잉글랜드 북부 하워스의 마을 공동묘지 옆에 있는 아버지의 목사관에서 지냈다. 두 여동생과 남동생은 겨우 서른 살까지 살았고, 샬럿만 서른아홉 살까지 살았다. 사망했을 무렵 샬럿은 첫 아이를 임신한 상태였다. 사인은 폐결핵으로 추정되는데, 임신 중독이었을 가능성도 있다.

샬럿은 남자 이름으로 작품을 출간했는데, 여성이라는 사실이 세상에 알려지면서 생애 마지막 무렵에 명성을 얻었다.

동료 소설가였던 엘리자베스 개스켈은 샬럿의 사후에 그의 생애를 전기로 담았고, 이로써 샬럿은 전기가 헌정된 최초의 여성 중 한 명이 되었다.

위 하워스의 브론테 목사관 박물관
아래 요크셔 주 하워스의 집에서 글을 쓰는 브론테 자매

54

전기는 1826년 6월, 여행을 다녀온 아버지가 샬럿의 남동생에
게 선물한 열두 개의 목각인형 이야기로 시작된다. 이 인형들은
나중에 샬럿과 여동생 에밀리와 앤, 남동생 브랜웰이 만들어낸 세
계의 주인공이 되었다. 형제자매들의 어린 시절 이야기는 자매들
이 글을 쓰던 나지막한 책상 이야기로 이어진다.

샬럿은 몇 번이나 집을 떠나보았지만 좌절감만 안고 다시 돌아
왔다고 한다. 여동생들 역시 여자 기숙학교에 다니거나 가정교사
로 일을 해보았지만 결국 하워스 집으로 돌아오곤 했다. 1842년
샬럿은 에밀리와 함께 벨기에 브뤼셀의 기숙학교에 들어간다. 하
지만 기숙학교의 교장이었던 유부남 에제를 사랑하게 되면서, 집
을 떠나려던 이 시도는 또다시 실패하고 만다.

독서를 통해 세상 돌아가는 일을 피상적으로 습득한 세 자매는
부엌에서 함께 글을 썼다. 아버지와 손님들이 지켜보는 가운데,
샬럿은 에제를 향한 짝사랑을 담은 『교수』, 에밀리는 『폭풍의 언
덕』, 앤은 『아그네스 그레이』를 썼다. 자매들은 테이블에 단정하
게 앉아 바느질을 하거나 글을 썼다. 한눈파는 일도 없었으며 차
도 마시지 않고 과자도 먹지 않았다. 『제인 에어』는 이처럼 엄격
한 분위기 속에서 나온 책이다. 1847년에 '커러 벨'이라는 필명으
로 출간된 이 소설은 센세이션을 일으키며 성공을 거둔다.

I am no bird;
and no net ensnares me.

나는 새가 아니다.
어떤 그물도 날 잡아둘 수 없다.

1858.11.20~1940.3.16

SELMA LAGERLÖF

셀마 라게를뢰프

"
책을 하나 끝내고 나면
내가 어떻게 이 책을 썼는지
설명하기가 힘들어진다.
"

셀마 라게를뢰프는 고향인 모르바카를 깊이 사랑했다. 특히 아버지의 집은, 스톡홀름에서 학교를 다니던 때나, 아버지가 세상을 떠난 후인 1890년에 어쩔 수 없이 매각했을 때나 라게를뢰프의 마음속 깊이 남아 있었다. 책을 써서 돈을 벌게 되자 라게를뢰프는 그 집을 얼른 다시 사들였다. 그는 이 외진 시골집에서 가족이나 아이들, 하인들에게 즐거운 이야기를 들려주며 지냈다. 이 시절의 경험은 후일의 작품 활동에 큰 자양분이 되었다.

라게를뢰프는 세 살 때 소아마비를 앓았던 것으로 추측된다. 다행히 상태는 점차 나아졌는데, 고달팠던 이 경험은 그가 고향집에 대한 더욱 깊은 애정을 갖게 된 계기가 된 듯하다. 모르바카는 라게를뢰프에게 자신을 지켜주는 고향, 안전, 보호를 의미하는 곳이었다.

그는 이곳 농가의 2층 서재에서 글을 썼다. 많은 책들을 두었던, 깨끗하고 정갈하게 꾸며져 있던 그곳은 햇빛이 잘 드는 밝은 방이었다. 커다란 책상에는 책과 종이 더미들이 쌓여 있었다. 그는 늘 연필로 원고를 썼다. 원고를 쓰고 나면 여비서 발보리 올랜더가 원고를 받아 타자기로 입력했다.

어릴 적 라게를뢰프의 집은 경제적으로 풍족하지 않았다. 어린 시절부터 작가가 되고 싶어했던 그는 주변 사람들에게 늘 이렇게 말하곤 했다. "내가 소설을 쓸 나이가 되면……."

하지만 당분간은 쉽지 않았다. 라게를뢰프는 1882년 스톡홀름의 사범학교에 입학하여, 1885년부터는 초등학교에서 교사로 일하기 시작했다. 교사 생활을 하면서도 그는 틈틈이 글을 썼다. 그리고 마침내 1891년, 서른세 살 되던 해에 『예스타 베를링 이야기』로 문학 공모에 당선되면서 교사직을 그만두고 문단에 오름으로써 비로소 작가로서의 첫발을 내디뎠다. 그후 그는 스웨덴 교육계로부터 아이들에게 스웨덴의 지리와 자연 등을 알려줄 수 있는 소설을 써달라는 의뢰를 받고 집필에 들어간다. 이 책이 바로 라게를뢰프의 대표작이 된 『닐스의 신기한 여행』이다. 그는 이 작품으로 1909년 여성 최초로 노벨문학상을 받았다.

라게를뢰프는 특히 독일인들에게 많이 읽히고 사랑받은 작가다. 사실 이 인기는 오해에서 비롯된 것이기도 한데, 향토적이고 민중적인 전설과 설화 등을 좋아하는 사람들이 라게를뢰프의 작품들이 현대화, 도시화, 공업화에 저항한다고 여겼던 것이다.

또한 히틀러가 정권을 잡은 후에 작가가 히틀러에게 경의를 표하는 편지도 나왔는데, 이는 조작된 편지로 밝혀졌다. 라게를뢰프는 오히려 망명자들을 지지했고 유대인 시인 넬리 작스가 나치 독일에서 탈출하는 걸 돕기도 했다.

Strange, when you ask anyone's advice
you see yourself what is right.

이상하다. 다른 이에게 조언을 구하는 순간
무엇이 정답인지 깨닫게 된다.

책상에 앉아 있는 셀마 라게를뢰프. 1907년

자신의 내면을 향한 시선

라게를뢰프는 일평생 다리에 장애를 안고 살았고, 고향집을 떠나서는 늘 이방인이라는 자의식을 품고 지내야 했다. 라게를뢰프의 전기에는 그를 그의 작품 속 주인공들과 비교하는 내용이 나온다. 그의 주인공들도 작가를 닮아 다들 외톨이이자 유별난 사람이었던 것이다.

라게를뢰프의 회청색 눈동자는 매우 강렬했으며 거기에는 내면을 향한 깊은 시선이 느껴졌다고 한다. 마치 어린 시절에 들었던 옛날이야기에서 영감을 받고 자기 머릿속에 떠오른 새로운 이야기에 귀를 기울이고 있는 것처럼.

1907년 칼 라르손이 그린 셀마 라게를뢰프

1873.1.28~1954.8.3

SIDONIE-
GABRIELLE
COLETTE

시도니가브리엘 콜레트

"

작가라면 자기가 쓴 글의 가치를
사정없이 재단하고 그 대부분을
파기해버릴 수 있어야 한다.

"

방랑자, 유목민, 부랑자……. 생애 동안 많은 별명으로 불렸던 콜레트는 파리에 사는 동안에만 최소 아홉 번 이사를 했다. 글쓰는 건 어디서든 문제없었다. 그도 그럴 것이 콜레트는 여행중에도 글을 썼고, 뮤직홀의 댄서로 일하며 오랜 기간 순회공연을 다니는 와중에도 썼다.

여러 집 가운데 그가 글을 쓰고 인생을 보냈던 주요 거처가 두 군데 있다. 한 곳은 어린 시절을 보냈던 프랑스 부르고뉴 생소뵈르앙퓌세의 집이다. 부유한 조상들이 지은 이 멋진 저택은 길가를 향해 많은 창문들이 나 있었다. 옛날엔 이렇게 창문을 만들면 세금을 내야 했으니, 부유한 이들만이 살 수 있을 법한 곳이었다. 좌우로는 옥외 계단이 있었고 이 계단을 오르면 바로 현관에 이르는 구조의 집이었다. 비탈길에 위치한 집이었기에 한쪽 계단이 더 많았다. 왼쪽은 여섯 계단, 오른쪽은 열 계단이었다.

이곳은 후에 콜레트의 '클로딘Claudine' 시리즈의 모델이 된 집이다. 정원에는 오래된 등나무 덩굴이 자라나 있고 가지와 토마토 향이 나는 이 시골집에서 콜레트는 행복하고 자유로운 어린 시절을 보냈다. 하지만 그가 열일곱 살이 되었을 무렵 집안이 경제적으로 어려워지면서 집을 처분해야 했다. 후일 콜레트는 그리운 이 집을 "성유물이자 보금자리, 요새, 어린 시절의 박물관"이라고 표현했다.

Writing only leads to more writing.

글쓰기는 더 많은 글쓰기로
이어질 뿐이다.

팔레 루아얄이 보이는 집

콜레트는 스무 살이 되던 1893년, 열네 살 연상의 예술 평론가이자 방탕아였던 앙리 고티에빌라르와 결혼하여 파리로 이사했다. "윌리"라는 필명을 지닌 남편은 작가들을 후원해주는 조건으로 자신을 대신해 소설 등을 쓰게 했다. 그는 콜레트에게도 자기글을 대신 쓰라고 강요하면서, 콜레트를 방에 가두고 일정 분량을 써야만 밖으로 나올 수 있게 해주었다. 그렇게 탄생한 장편소설이 '클로딘' 시리즈다. 책 표지에 저자 이름으로 '윌리'가 박힌 이 시리즈의 제1부 『학창시절의 클로딘』은 두 달 만에 무려 4만 권이 팔렸다. 윌리는 콜레트와 이혼 후 저작권마저 가져갔다.

콜레트가 주로 생애를 보낸 다른 한 보금자리는, 1938년 1월 5일에 이사 와서 그가 죽는 날까지 20년 가까이를 살았던 파리의 팔레 루아얄에 있는 방이었다. 이 안정된 안식처를 얻기 전인 1926년부터 1930년까지는 어둡고 천장이 낮은 중이층中二層 구조의 집에서 살았다. 그는 이 시절을 술회하며, 생선만 먹고 사는 우울한 생활이었다고 말했다. 팔레 루아얄의 집은 콜레트가 파리에서 살고 싶어한 유일한 집이었다. 보졸레 거리에 위치한 건물의 2층인 이곳은 조용하고 멋스러우며 아치 구조물이 있는 정원이 내려다보이는 집으로, 프랑스의 시골에나 어울릴 법한 분위기를 풍겼다. 그는 당시의 마을 분위기를 이렇게 묘사했다. "전쟁으로 인해 사람들이 많지 않아 적은 수의 주민들이 서로 친구처럼 지냈다."

파리 팔레 루아얄의 콜레트의 집. 침대 위에 책상을 올려놓았다.
접이식 책상, 화장대, 의자 두 개, 루이 필립 시대의 소파형 의자, 나이트 테이블 등이 보인다.
그 밖에 필기도구를 담은 푸른빛의 원형 필통과 안경, 확대경, 종이 자르는 칼,
파리채, 압지, 각종 서적들, 책받침, 화장품, 램프, 문진, 작은 장식품들, 꽃병,
작은 입상, 그림, 스케치, 목판화, 사진, 휠체어, 지팡이, 전화기, 꽃 등이 있었다.
콜레트 사후 작성된 그의 소장품 리스트는 네 쪽이 넘는다.

방랑 여인이었던 콜레트는 말년에 고관절염으로 인해 침대에서 생활해야 했다. 침대가 생활공간의 중심이 되어, 그 위에서 화장을 하고 손톱을 다듬고 글을 썼으며 사람들을 맞이했다. 그는 잠자리에 부드러운 모피를 깔아놓은 뒤 그 위에 맞춤 책상을 올려놓고 만년필을 여러 개 준비해두었다. 팔레 루아얄이 보이도록 침대를 창가에 배치했으며, 필요할 때 이용할 수 있도록 머리 쪽에는 지팡이 두 개를 두었다. 그가 "쥐덫"이라고 불렀던 이 작은 방은 온갖 물건으로 가득했다.

색색의 전구만도 쉰 개가 넘었고 문진도 가득 쌓여 있었다. 작가는 마치 유배당한 사람처럼 세상과 담을 쌓은 채 이곳에 군림했다. 휠체어도 간병인도 없었고 외부의 도움도 받지 않았다. 사진작가 리 밀러, 작가 트루먼 카포티, 그리고 이웃에 살던 장 콕토 등 몇몇 유명인들만이 그를 방문했다.

세상일과 담을 쌓은 콜레트는 낯선 사람들이 밖에서 집안을 들여다보지 못하도록 창문 앞에 있던 발코니 난간을 없애고 푸른색 커튼을 쳤다. 자신의 은밀한 분위기를 방안에까지 드리울 생각이 없었는지, 침대 위로 자신이 가장 좋아하는 색깔인 푸른빛의 종이를 씌운 램프를 걸어놓으면서도, 방의 나머지 공간은 붉은빛으로 가득 채웠다. 흡사 홍등가를 연상시키는 음산한 분위기를 의도한 건 아니었을까? 이런 그의 방은 늘 따뜻했다고 한다.

74

침대 위의 고양이

　방문객들은 콜레트의 모습을 매우 인상적으로 기억한다. 사자 갈기 같은 머리, 고양이 같은 눈, 윤곽이 뚜렷한 입술을 한 채로 움직이지도 않고 침대에 앉아 있는 그는 가히 기이한 모습이었다. 특히 그의 입에서 흘러나오는 말은 병상에 누운 사람의 것이라고는 느껴지지 않았다. 그는 침대에 누운 채로도, 자신의 소설 『클로딘』에 등장하는 자유분방한 주인공처럼 사람들을 당혹스럽게 만들 수 있는 여자였다. 여러 사진에서 볼 수 있듯, 콜레트는 침대 위에서 자신의 일상생활을 완벽하게 제어하고 있었다.

　눈에 짙은 아이섀도를 칠한 아래의 모습은 그가 키우던 샤트룩스 고양이를 빼닮았다. 이 작가에게 고양이만큼 잘 어울리는 동물이 과연 또 있을까? 길들이기도 힘들고 평소엔 태연하게 행동하다가도 위험이 닥치면 발톱을 펴고 거칠게 숨을 몰아쉬며 복수를 하려드는 이 동물의 천성은 콜레트와 꼭 닮았다.

1874. 2. 3~1946. 7. 27

GERTRUDE STEIN

거트루드 스타인

"
유대인들은 세 사람의
탁월한 천재를 배출했다.
예수와 스피노자 그리고 나다.
"

플뢰뤼스 거리의 집

거트루드 스타인은 미국 펜실베이니아 주의 부유한 유대인 가정에서 태어났다. 래드클리프 대학교에서 윌리엄 제임스에게 철학과 심리학을 수학했고, 졸업 후에는 그의 추천으로 존스 홉킨스 대학교에 들어가 의학을 공부했다. 하지만 2년이 못 되어 의학 공부에 흥미를 잃으면서 모든 학업을 중단하기로 한다.

생애 대부분의 시간을 보내게 될 프랑스로 떠난 건 그후의 일이었다. 1902년 오빠를 따라 런던에 건너간 스타인은, 다음해 파리의 뤼상부르 공원 근처의 플뢰뤼스 거리로 집을 옮겼다. 거리에서 관리인 방을 지나오면 바로 마당이 나오는 집이었다. 마당 오른쪽으로는 1층짜리 부속 건물이 있었고 그 옆으로는 화랑이 이어서 붙어 있었다.

스타인은 당시의 그림들을 모으면서 이 플뢰뤼스 거리의 집에 화가나 작가들을 초대했다. 1905년에는 앙리 마티스에게서 처음으로 그림을 샀고, 1년 뒤에는 파블로 피카소에게서 자신을 모델로 한 초상화를 선물받기도 했다. 거실의 높은 벽은 온통 그림들로 채워졌다.

Writing and reading is to me
synonymous with existing.

쓰고 읽는 행위는
내가 살아있음을 뜻한다.

두 사람의 여름 별장

스타인은 1907년, 평생을 함께할 반려자 앨리스 B. 토클라스를 만난다. 토클라스는 그의 여비서이자 요리사가 되어주었으며 원고를 검토해주기도 했다. 두 사람은 1929년 프랑스 남동부 빌리냉Bilignin에 있는 별장을 임대한 후로는 매년 그곳에서 여름을 보냈다. 스캔들을 불러일으킨 책이자 작가로서 스타인이 겪고 있던 슬럼프를 극복하게 해준 책인 『앨리스 B. 토클라스 자서전』도 이곳에서 집필되었다.

앨리스 B. 토클라스와 함께한 거트루드 스타인

그림으로 둘러싸인 아틀리에

스타인은 글을 쓰기 전에 그림을 보는 습관이 있었다. 현대 화가들의 걸작으로 둘러싸인 공간에서 작품을 쓴다, 이 얼마나 멋진 일인가! 한번은 오빠 레오가 피카소의 작품 중에 스타인이 별로 좋아하지 않는 그림을 사들인 일이 있었다. 스타인은 그 그림이 자기 입맛을 달아나게 할 뿐만 아니라 글쓰기까지 방해한다고 불평해댔다. 벽에 걸린 그림들이 그에게 얼마나 큰 의미였는지를 잘 보여주는 일화다.

1930년 스튜디오 사진.
피카소가 그려준 초상화가
뒤에 걸려 있다.

"장미는 장미인 것이 장미다."

스타인의 텍스트에는 회화의 기법이 엿보인다. 대개 구두점을 찍지 않은 채로 반복되는 단어들은 마치 굽이쳐 흐르는 듯한 느낌이며, 꼭 최면을 거는 말의 흐름처럼 들린다. 자택의 벽에 걸린 여러 그림들과 마찬가지로 부분 부분들이 조합되어 있다. 그는 당시의 화가들이 시도했던 회화 운동인 큐비즘을 언어의 무대에서 시도하는 획기적인 실험을 펼쳤던 것이다.

스타인의 저서들은 무척 난해하다. 그래서인지 그는 사실 작가보다는 아방가르드 화가들의 후원자이자 발굴자로 더 유명하다. 스타인은 또 악필이기도 했다. 1931년에는 책을 출간하기 위해 자신의 출판사를 차렸는데, 인쇄소 식자공들이 알아볼 수 있도록 원고를 다시 써주는 친구들도 있었다. 관습을 벗어난 언어 구사 방식을 드러내려는 생각이었을까?

육중한 외모에 짧은 헤어스타일, 그리고 승복 같은 길고 풍성한 옷차림이 흡사 로마의 야전사령관을 연상시키던 그는 화가든 작가든 가리지 않고 다른 예술가의 작품에 대한 신랄한 비평을 서슴지 않았다. 그러면서도 어니스트 헤밍웨이를 포함한 많은 작가들에게 격려를 아끼지 않는 모습을 보여주기도 했다.

스타인은 저녁식사를 마치고 나면 커다란 목재 테이블에 앉아 이른 아침까지 글을 썼다. 집필 공간은 역시 그림으로 둘러싸인 그의 아틀리에였다.

글을 쓰는 거트루드 스타인. 1930년

1882.1.25~1941.3.28

VIRGINIA WOOLF

버지니아 울프

" ——————————————— "

나는 가끔 생각한다.
마음놓고 책을 읽을 수 있는 장소가
천국이라고.

"아버지의 생일이다. 살아 계셨다면 오늘로 아흔여섯 살이었겠다. 아버지도 다른 사람들처럼 아흔여섯까지 살 수 있었을 텐데, 다행히도 그러질 못하셨다.

만약 그랬다면, 아버지의 인생은 내 인생을 완전히 끝장냈을 것이다. 살아 계셨다면 어땠을까? 나는 글도 책도 쓰지 못했을 것이다. 상상도 할 수 없는 일이다."

아버지가 사망한 지 24년이 지난 1928년 2월, 버지니아 울프가 아버지에 관해 쓴 글이다. 어머니는 울프가 열세 살 때 사망했다. 그후 울프는 9년 동안 아버지를 뒤치다꺼리했고, 아버지는 이를 당연시했다. 의붓오빠는 아직 소녀티도 벗지 못한 울프를 성폭행했다. 여자이기에 겪어야 했던 이러한 부자유는 울프의 머릿속에 각인되었고 그 영향으로 그는 사회주의자이자 여성 인권 운동가가 되었다.

1912년, 그는 작가이자 출판인이었던 레너드 울프와 결혼했다. 남편은 여러 차례 자살을 시도했던 아내가 정신질환을 극복할 수 있도록 지원을 아끼지 않았다. 하지만 독일군의 공습과 유대인 남편에 대한 걱정은 그로선 견디기 힘든 것이었다. 결국 울프는 1941년 3월 28일, 코트 주머니에 큼직한 돌을 가득 넣고 집 앞에 흐르는 강에 뛰어들어 목숨을 끊었다.

For most of history,
anonymous was a woman.

역사에 걸쳐 여성은 익명의 존재였다.

　버지니아 울프와 남편은 1919년 영국 남부 해안에 위치한 '몽크스 하우스'라는 이름의 집을 사들였다. 오래전에 지어서 전기도 들어오지 않고 수돗물도 쓸 수 없는 집이었다. 집 정원에는 낡은 헛간이 하나 있었는데, 울프는 이 헛간을 서재로 꾸몄다. 하지만 이곳은 글을 쓰는 데 이상적인 공간이라고는 할 수 없었다. 남편 레너드는 바로 위층 창고에서 사과를 고르고 있었고, 강아지가 옆에서 할퀴거나 몸을 비벼댔고, 무엇보다 겨울에는 무척 추웠다.

　결국 울프는 정원 구석에 목재로 된 오두막 집필실을 지었다. 마침내 자기만의 방을 갖게 된 것이다. 그는 침대에 앉아 아침식사를 마치고 나면 9시 30분경에 이 오두막으로 들어가 오후 1시까지 글을 썼다. 오후 시간의 대부분도 그곳에서 보냈다. 남편은 울프가 이처럼 규칙적인 생활을 할 수 있도록 배려해주었다. 울프에게 마음의 안정이 필요했기 때문이다.

　글을 쓸 때 그는 단단한 깃털 펜과 갈색 잉크를 사용했다. 푸른 빛이 도는 종이를 좋아했으며, 무릎 위에 판자를 올려놓고 그 위에 종이를 두고 글을 썼다. 또한 다른 창문으로 새로운 바깥 풍경을 내다보고 싶은 마음에 가끔씩 책상의 위치를 바꾸기도 했다.

　몽크스 하우스는 사람들과 만나 차를 마시는 공간이기도 했다. 울프는 이곳에 런던 블룸즈버리 그룹의 친구들을 초대했다.

서재는 울프의 낙원이었다. 그는 글을 쓰고 혼자 독백을 하는 시간만큼은 온갖 근심걱정을 잊을 수 있었다. 글쓰기가 그의 삶을 지탱해준 것이다.

정원의 오두막에 마련된 소박한 책상에 앉아 주변의 들판을 바라보고 있는 그의 모습이 상상된다. 머릿속에 떠오르는 생각과 의식 세계를 탐험하면서 얻은 것을 푸른 종이에 기록하는 모습도 보인다. 울프는 작품 활동으로 돈을 벌었고 이는 당시 여성들이 받아들여야 했던 전통적인 미덕에서 벗어나는 데 도움을 주었다.

그는 당시의 전통적 가정주부상을 "집안의 천사"라고 표현했다. 당시 남자들이 공유하고 있던 여성의 이상형을 그렇게 비유한 것이다. 그는 『자기만의 방』에서 물었다. 만일 셰익스피어에게 재능 있는 여동생이 있었다면 셰익스피어처럼 위대한 작가가 될 수 있었겠냐고. 하지만 울프는 셰익스피어의 여동생과 달리 자신이 고대하던 작가의 삶을 살았다.

1939년 6월 런던에서 지젤 프로인트가 울프를 카메라에 담았다. 왼쪽의 사진으로 펼쳐진 책을 무릎 위에 두고 생각에 잠겨 있는 모습이다. 손에는 담배를 들고 있다. 방금 읽은 책의 내용을 곰곰이 생각하는 걸까? 움푹 들어간 두 눈에 야윈 얼굴. 작가는 깊은 우울에 잠겼다.

1885.4.17~1962.9.7

KAREN BLIXEN

카렌 블릭센

66 ——————————————————— 99

나를 보여줄
무언가를 창조하고 싶다.
세상을 살아가기 위해서.

"아프리카에 내 농장이 있었다."

카렌 블릭센은 이름이 여러 개였다. 『아웃 오브 아프리카』는 독일에선 타니아 블릭센Tania Blixen, 미국에선 아이작 디네센Isak Dinesen이라는 필명으로 출간되었다. 결혼 전 이름은 카렌 디네센이었다. 초기 작품에서는 오세올라Osceola란 이름도 사용했다.

고향은 두 곳이었다. 그중 하나는 블릭센의 소설을 영화화한 <아웃 오브 아프리카>를 통해 사람들에게 잘 알려져 있다. 그는 1913년, 남편의 쌍둥이 남동생인 브로 폰 블릭센피네케 남작과 사랑에 빠져 함께 케냐로 떠난다. 아마도 일종의 도피였던 것 같다. 유복한 집안의 딸이었던 그는 사교 모임이나 사냥 따위에 참석해야 하는 덴마크에서의 삶에서 여러모로 압박을 받았다.

블릭센은 케냐로 떠난 지 1년 후인 1914년에 이 덴마크인 남작과 결혼한다. 케냐 식민지 사회에도 지켜야 하는 나름의 규칙이 있었기 때문이다. 두 사람은 그곳에서 커피 농장을 운영했다. 하지만 결혼생활은 불행했고, 특히 남편을 통해 감염된 매독으로 고통을 받았다.

그후 블릭센은 1918년에 데니스 핀치 해튼이란 남자를 알게 되어 사랑에 빠졌고, 1925년에 남편과 이혼한다. 하지만 그로부터 6년 뒤, 엄청난 비극이 연이어 터졌으니, 경제 대공황과 커피 농사 실패로 인해 농장이 파산하고, 비행기 폭발 사고로 해튼이 목숨을 잃게 된 것이다.

블릭센이 살았던
케냐의 음보가니 하우스의 내부

고향으로 돌아가 글을 쓰다

블릭센은 불행을 안고 아프리카를 떠나, 17년 만에 고향인 덴마크 룽스테드로 돌아간다.

한나 아렌트는 블릭센에 대해 이렇게 말했다. "그는 아프리카에서 집과 연인을 비롯한 모든 것을 잃고 모든 일에 실패한 후에야 고향으로 돌아가 작가가 되었다." 블릭센은 자신이 그토록 싫어하여 도망쳤던 고향집으로 돌아갔다. 하지만 고향의 평화로운 풍경과 낯익은 얼굴들은 그를 치유해주기도 했다. 그는 과거에 자신에게 견딜 수 없을 만큼의 불행을 안긴 이 고향에 머무르며, 또다른 고향에서 겪은 불행했던 삶과 사랑하는 사람을 잃은 상실을 글로 표현했다.

그는 해안을 따라 산책하고 나면 자리에 앉아 아프리카에서 가져온 낡은 타자기로 글을 썼다. 서재는 북쪽이었는데 겨울에는 너무 추워서 다른 방을 써야 했다. 서재 한쪽에는 블릭센의 또다른 인생, 즉 아프리카에서 가져온 물건들이 있었고, 그 옆으로는 해튼의 사진이 걸려 있었다.

그는 자기 자신에게 상당히 엄격한 사람이었다. 말년에 이르러 병이 들어섰을 때는 굴과 샴페인만을 먹었으며, 통증이 극도로 심해지면 맨 바닥에 누워 비서에게 자기가 불러주는 글을 받아쓰도록 했다.

Write a little every day,
without hope, without despair.

매일매일 조금씩 써보라.
희망도, 절망도 느끼지 말고.

여러 사진들 속에서 블릭센은 품위 있는 자태와 진지한 태도, 그리고 강한 자의식을 뽐내는 듯, 엷은 미소를 지으면서 정면을 응시하고 있다. 모피와 진주 목걸이, 머리에 쓴 월계관, 핀을 이용한 머리 장식, 어깨에 올려놓은 부엉이, 발 깔개용 사자 가죽, 그리고 무엇보다 깊은 주름이 새겨진 마른 얼굴로 인해 더욱 두드러져 보이는 그의 크고 짙은 눈동자가 보는 이의 시선을 끈다. 블릭센은 사람들의 관심을 끄는 방법을 아는 여자였다. 무엇보다 세상을 두루 경험하고 이제 그 세상을 글로 써내는 여자의 모습이 경의와 약간의 두려움까지 불러일으킨다.

1890.5.15~1980.9.18

KATHERINE ANNE PORTER

캐서린 앤 포터

다른 모든 일처럼 글쓰기도
견습 생활을 거쳐야 한다.

세상을 집처럼 여기다

"나는 세계의 수도에서 살거나, 아니면 차라리 짐승들이 울부짖는 황야에서 살고 싶다."

왜 워싱턴에 살기로 했냐는 질문에 포터가 했던 대답이다. "짐승들이 울부짖는 황야"만큼은 아니지만, 그에 가까운 시골에서 살아본 경험은 이미 있었다. 두 살 때 어머니를 잃은 그는 가족과 함께 미국 남부 텍사스의 할머니 집으로 내려갔고, 할머니마저 죽자 이번엔 텍사스나 루이지애나의 다른 친척집으로 옮겨갔다.

포터는 1906년, 열여섯 살에 결혼하여 집을 떠났다. 답답한 집에서 벗어나고 싶었고 어쩌면 진정한 가정을 꾸리고 싶기도 했을 것이다. 하지만 첫 남편은(포터는 일생 동안 다섯 번 결혼했다) 아내를 받들어 모시다가도, 술에 취하기라도 하면 사납게 돌변해서 아내를 폭행하는 남자였다.

그렇게 안 좋게 끝난 첫번째 결혼은, 앞으로 수차례나 이어질 불행한 결혼생활의 시작일 뿐이었다. 이후로도 그는 결혼과 이혼을 거듭했고, 아이를 가지고 싶다는 바람에도 몇 번의 낙태와 유산을 겪었다. 하지만 포터는 사적인 불행에 굴하지 않는 인물이었다. 불행이 그를 엄습하는 와중에도 포터는 멕시코, 뉴욕, 캘리포니아, 버뮤다, 파리 등을 오가며 작가 또는 신문기자로 쉴 새 없이 일했다.

미국 텍사스 주 카일에 있었던 캐서린 앤 포터의 할머니의 집

Be respectful of words.
They mean something.

단어를 존중하라.
거기엔 뜻이 있다.

포터의 대표작은 1962년 출간된 장편소설 『바보들의 배』다. 그가 사십대인 1930년대 초반에 경험했던 여행을 바탕으로 쓴 이 작품은 멕시코 베라크루스에서 출발하여 독일로 향하는 여객선을 무대로 하고 있다. 포터는 이 소설과 더불어 이를 바탕으로 만든 영화 덕분에 부와 명예를 쥐게 되었고, 단편집으로 1966년 퓰리처상과 내셔널 북 어워드까지 수상했다. 미국 우정공사는 그에게 헌정하는 우표를 발행하기도 했다.

1963년 인터뷰에서 "사람들이 나를 방해하지만 않으면 난 언제든 글을 쓴다."라고 고백했듯이, 글을 쓰는 일과 남편, 아이들과 함께하는 소시민적 생활을 병행하는 것은 포터에게도 쉽지 않은 일이었다. 하지만 그에게 글쓰기는 직업적 선택의 문제가 아니라, 자신에게 내려진 일종의 소명과도 같았다. 글을 쓰기 위해 살고 글을 쓰기 위해 죽을 거라고 스스로 밝혔듯, 그의 글쓰기는 생애 내내 끊이지 않고 이어졌다.

그는 전화기도 없는 방에서 손님을 맞지도 않고 은둔자처럼 글을 썼다. 가장 좋아한 시간은 이른 아침에 블랙커피를 마시고 난 다음이었다. 커피를 마시고 나면 영감의 원천이 고갈될 때까지 글을 썼다. 그러고는 다음날 아침을 기다렸다.

글을 쓰지 않는 시간에는 쿠키를 굽기도 했다. 우아한 옷차림과 고급 장신구를 좋아했던 포터도 이따금씩은 부엌일을 했다.

"나는 늘 단숨에 글을 쓴다.

단편소설 『꽃 피는 유다 나무』를 썼을 때는,

저녁 일곱시경에 쓰기 시작해서

밤 한시 반에 원고를 우체통에 던져넣었다."

1890.9.15~1976.1.12

AGATHA CHRISTIE

애거사 크리스티

"─────────────────────"

튼튼한 책상과 타자기 외에는
필요한 게 없다.

그 많은 소설들을 어디에서 쓰느냐는 기자들의 질문에 아가사 크리스티는 "튼튼한 책상과 타자기 이외에는 필요한 게 없다."라고 대답했다. 집필하는 모습을 담은 오른쪽 사진도 이를 증언해준다. 자그마한 책상에 앉아 포즈를 취했는데, 책상 위에는 타자기와 종이, 펜, 메모지뿐이다. 물론 그의 사적인 공간은 뭔가 달랐을지도 모르지만, 어쨌든 그는 글을 쓸 때 다른 게 필요하지 않았다고 한다.

크리스티는 여러 채의 집을 소유했는데, 글을 쓰는 장소가 정해져 있지는 않았다. 부엌 식탁에 앉아 썼을 정도다. 작가는 스스로를 수공업 장인쯤으로 생각했으며 소설 쓰는 일을 베개에 수를 놓거나 도자기에 그림을 그리는 일 정도로 여겼다.

이 사고방식은 작가의 실용주의와 관련이 있을 것이다. 크리스티는 실용적인 목적으로 작품을 썼다. 즉, 작품을 출판사에 보내 돈을 받으면 그 돈으로 온실을 다시 세우거나 로지아Loggia. 벽이 없이 트인 모양의 방를 만들었다. 그는 신에게 사명을 받았다거나 신의 광채를 보았다는 작가들과는 전혀 달랐다. 자기 직업을 과대평가하지 않았으며 그럴 필요조차 느끼지 않았다.

"직업적 소명의식으로 글을 쓴다"는 식의 거룩한 발상들을 일축하는 일축하는 크리스티에게 글쓰기는 '직업'일 뿐이었으며, 작가라는 직업을 하늘이 내린 천직이라고 생각하지도 않았다.

> The best time for planning a book is while you're doing the dishes.

설거지를 할 때가 좋은 구상이
떠오르는 최적의 시간이다.

크리스티는 '애거사 밀러'라는 이름으로 부유한 가정의 막내딸로 태어났다. 그는 네 살 때 책을 읽어 엄마를 깜짝 놀라게 하기도 했다. 하지만 밀러 집안에서 중요시한 건 '읽기'가 아니었다. 그에 관한 문헌에 따르면, 크리스티의 어머니는 딸이 병이 나서 집에 있을 때나 심심해할 때 스스로 이야기를 지어 '쓰기'를 권장했다고 한다.

제1차세계대전 때 크리스티는 군 병원에서 일했고, 그후엔 약국에서 일했다. 그 시절 독약에 관한 지식을 습득했는데, 이는 그의 범죄소설에서 독약이 살인의 도구로 자주 등장하는 이유다. 또한 그는 오리엔트 특급열차를 타고 자주 여행을 다녔는데, 이 여행은 후에 베스트셀러가 될 추리소설 『오리엔트 특급 살인』의 기반이 된다.

70여 편의 장편소설을 쓴 크리스티는 엘리자베스 여왕으로부터 귀족 작위를 받았다. 그의 작품은 전세계에서 20억 권이 넘게 팔렸고, 미스 마플, 에르퀼 포와로 같은 유명 주인공을 탄생시켰다. 크리스티의 소설을 읽어보지 않은 사람이라도 그의 소설을 원작으로 하는 영화는 본 적이 있을 정도다.

"작가가 되어 받은 축복이 있다면,

혼자서 내밀하게 그리고 스스로 정한 시간에

일할 수 있다는 점입니다."

부엌에서

우리는 크리스티의 컬러사진 속에서, 깔끔하게 입술을 칠하고 멋진 진주 목걸이와 브로치로 치장한 완벽한 옷차림의 노부인을 만나게 된다. 그는 영국인처럼 보이면서 동시에 어딘가 다른 시대의 인물처럼 보이기도 한다.

흑백사진 속에서도 그의 옷차림과 눈빛은 차분했다. 부엌에서 일하는 모습을 담은 사진은 그의 올곧은 생활방식을 보여준다. 그의 작품 속 주인공 미스 마플도 떠오른다. 미스 마플은 백발이 성성하고 통통하며 자기 원칙을 지키며 살아가는 등, 작가를 꼭 닮은 인물이었다.

< 영국 버크셔 자택 부엌의 애거사 크리스티, 1950년

1893.8.22~1967.6.7

DOROTHY
PARKER

도로시 파커

" ──────────────── "

최고의 복수는
글을 잘 쓰는 것이다.

유명한 연극 비평가이자 문학 비평가였던 도로시 파커는 신랄한 독설로 명성을 떨쳤다. 그는 어느 연극의 초연이 끝나자마자 이렇게 평했다. "연극을 보러 가실 분들은 뜨개질거리를 가져가시든지, 아니면 읽을 책 한 권을 가져가시죠."

그는 패션잡지 『보그』에서 사진 캡션을 다는 어시스턴트로서 밥벌이를 시작했다. 2년 후에는 『베니티페어』에 작가로 들어갔지만 지나치게 신랄한 비평 때문에 해고당했다. 『코스모폴리탄』, 『에스콰이어』에서도 마찬가지였다. 창간된 지 얼마 되지 않았던 『뉴요커』의 초기 작가로도 활동했다. 파커가 필명을 날린 건 제2차세계대전이 터지기 전이었다. 그는 스페인 내전 당시 공화국 정부를 지지하는 기자로 활약했고, 동시에 할리우드를 휩쓴 나치즘 대항운동에 참여하기도 했다. 이는 전후에 공산주의자라는 비난을 받게 되는 원인이 되었다.

그의 첫 남편은 유럽의 제1차세계대전 전장에서 알코올과 마약 중독자가 되어 돌아왔다. 파커가 알코올에 탐닉한 건 이때부터였다. 이혼 후 파커는 임신과 낙태, 우울증, 자살 시도에 이르기까지 불안정한 생활을 거듭했다. 다행히 열한 살 연하의 두번째 남편 앨런 캠벨은 파커의 생활에 약간의 안정을 가져다주었다. 부부는 할리우드에 가서 시나리오 작가로 일하면서 꽤 많은 돈을 벌었다. 하지만 파커는 그 돈을 흥청망청 쓰고 말았다.

뉴욕의 호텔방

1956년 『파리 리뷰』와의 인터뷰 당시 파커는 뉴욕 미드타운의 한 호텔에 살고 있었다. 전쟁터를 방불케 할 정도로 방을 엉망으로 만들어놓는 푸들과 함께였다. 바닥에는 신문과 고무 인형, 뼛조각 등이 널브러져 있었다. 그는 생애 대부분의 시간을 호텔 스위트룸에서 지냈다. 아침마다 침대로 식사를 가져다주는 가사 도우미도 있었다. 하지만 오랜 기간 호텔에서 살다보니 방값을 지불하지 못하는 경우도 잦았다. 누군가는 이 호텔 객실을 "집"이라고 불렀을지도 모르지만, 사실 그보다는 사무적인 느낌이 강한 '집필 공간'에 더 가까웠다.

파커는 1919년부터 뉴욕의 알곤퀸 호텔에서 매일 모임을 여는 '알곤퀸 라운드 테이블' 창립 멤버로 활동했다. 그의 삶은 그야말로 공개적인 것이었다. 호텔방으로 찾아오는 지인들과 함께 식전주를 마시며 어울리기도 했고, 알곤퀸 호텔이나 극장에서 점심식사를 함께하면서 글감을 찾기도 했다.

파커는 장편소설들과 탐정소설 하나를 쓰긴 했지만 본인 스스로 인정했듯 단편소설 작가였다. 이는 한곳에 오래 머물지 않았던 그의 주거나 생활 환경과도 연관이 있다. 파커는 판타지를 싫어했으며 캐릭터를 생각해내는 재능도 없었다. 늘 자신이 본 삶을 묘사하고 신랄하게 비평할 뿐이었다.

파커는 늘 고통스러울 만큼 치열하게 번민하면서 글을 썼다. 이것이 그가 글쓰기를 증오했던 이유였다. 1930년대 이래로 본인에게 처음으로 고정 수입을 보장해주었던 『에스콰이어』지 칼럼도 마찬가지였다. 1957년 당시 원고료는 한 달에 6백 달러(현재 약 5천 달러)라는 큰 금액이었다.

타자기 리본을 다 써버렸다고 아예 새 타자기를 산 적도 있을 만큼 기계치였으면서도, 파커는 글을 쓸 때 타자기를 사용했다. 그는 마치 온몸이 마비된 듯 타자기 앞에 앉아 두 손가락만을 움직였다. 마감을 지키겠다고 미완성 원고를 잡지사에 넘기는 일도 없었다. 술 때문에 책 읽기도 힘든 상태였지만, 그 어려움 속에서 5년간 200여 권의 책을 읽고 서평을 썼다. 하지만 몇몇 출판사들에게선 계약금만 받고 글은 한 줄도 보내지 않아 원성을 사기도 했다.

그의 삶은 점점 빛이 희미해져갔다. 자신의 단편소설 「금발의 여자Big Blonde」처럼 암울한 생활이었다.

I hate writing,
I love having written.

나는 글쓰기를 증오한다.
나는 이미 다 쓴 상태를 사랑한다.

"작품 주인공들의 이름은 어떻게 짓나요?"
"전화번호부나 부고란을 참고하죠."

사진은 1941년에 집필중인 파커를 찍은 것이다.
타자기에 종이 한 장을 끼워넣은 채 원고를 읽고 있다.
연필을 입술 사이에 물었다. 아마 원고에 좀더 집중하기 위한
행동일 것이다. 손톱은 붉은색으로 칠했다.
펼쳐놓은 종이를 보니 시나리오 원고를 쓰는 듯하다.
그리고 그는 여전히 행복해 보이지 않는다.

1899.6.7~1973.2.22

ELIZABETH BOWEN

엘리자베스 보엔

" ——————————————— "

작가가 되는 것과 어른이 되는 것,

다르지 않은가?

엘리자베스 보엔의 사진에서는 담배가 거의 빠지지 않는다. 그는 줄담배를 피우곤 했는데 보엔의 집에서 일했던 메이드의 말에 의하면, 그는 종류를 가리지 않고 담배를 피웠다고 한다. 심지어 그중엔 독하기로 이름난 인도산 담배 '골드 플레이크'까지 있었다. 매일 아침 6시에 메이드가 보엔에게 첫 차를 가져다주었는데, 그럴 때면 이미 문틈으로 담배 냄새가 새어나오고 있었다고 한다. 보엔은 그 시간에 이미 옷을 갖추어 입고 타자기 앞에 앉아 화장을 하고 있었던 것이다.

진주 목걸이와 장갑도 빼놓을 수 없다. 앞에 나온 여러 젊은 여성들과 함께 찍은 1956년 사진에서 보엔은 옆모습을 보이며 팔꿈치를 소파에 기댄 채로 앉아 있다. 역시나 손에는 담배가 들려 있다. 주변에 있는 젊은 여학생들이 그의 다음 말을 기다리고 있다. 바닥에 앉은 여학생이나 의자에 앉은 여학생이나 모두 차 한 잔씩을 마시고 있다. 안 그래도 어두운 실내의 바닥에는 짙은 색 카펫이 깔려 있다. 가구들도 짙은 색 목재 제품이며 서가의 책등조차 마찬가지로 짙은 색이다. 벽에 가지런하고 질서 있게 걸려 있는 액자들만이 밝게 빛난다. 보엔이 좌중을 휘어잡고 있는 듯하다. 그는 회색 모직 정장과 하얀 블라우스 차림에 조화를 옷에 꽂고 우아한 자태를 하고 앉아 있다. 손에 든 담배에서 담뱃재가 금방 떨어질 듯하다.

> Writers do not find subjects;
> subjects find them.

작가는 소재를 찾지 않는다.
소재가 작가를 찾아온다.

다른 사진을 보자. 1957년에 보엔의 집에서 찍은 사진이다. 그가 창가 근처의 탁자에 앉아 있다. 식탁 또는 부엌에서 쓰는 탁자로 보인다. 또다시 담배가 빠지지 않고 등장한다. 손에 종이 한 장을 들고 남자(손만 보인다)와 대화를 하고 있다. 테이블 위에는 종이가 여러 장 놓여 있다. 벽에는 구식 전화기가 걸려 있는데 손만 뻗으면 잡을 수 있을 것 같다. 보엔은 다리를 약간 뻗은 채 발레슈즈를 신고(맨발로 보인다) 편안한 자세로 앉아 있다.

아일랜드계 영국인이었던 보엔은 계급의식이 강했고 신앙심이 깊었으며 전통과 절제, 그리고 질서를 중시하는 사람이었다. 교육을 덜 받은 사람으로 보이는 걸 우려했던 걸까? 그의 말에는 아일랜드 억양이 조금도 묻어나지 않았다. 다만, 정신병을 앓았던 아버지의 영향으로 여섯 살 무렵부터, 보엔은 말을 더듬었다. 그 자신은, 스스로 아일랜드인임을 노골적으로 부정하면서 생겨난 죄책감으로 말 더듬는 증상이 나타난 것으로 여겼다고 한다.

보엔의 저택

보엔의 생애에서 저택 얘기를 빼놓을 수 없다. 보엔의 가문은 아일랜드에 수 세기에 걸쳐 내려오는 한 낡은 별장을 가지고 있었다. 그 집은 어린 시절 그가 여름을 보내던 곳이었는데, 그는 53세 되던 1952년에 이곳으로 이사를 왔다. 방이 서른 개나 되는 매우 큰 집이었기에, 가구를 들여놓거나 난로를 피우는 방은 여섯 개뿐이었다. 화병 하나만 덩그러니 놓여 있는 방도 있었다. 보엔은 이 집을 정말로 좋아했고 가능한 한 오랫동안 지키고 싶어했으나 관리하는 데 들어가는 돈만 해도 그의 수입보다 많았다. 겨울의 그곳은 춥고 외풍이 심했으며 적막했다. 보엔은 1959년에 이르러 집을 팔게 되었고 새 집주인이 이를 철거하는 광경을 지켜보아야 했다.

이 저택은 영국 대지주 계급 세계에 대한 은유라고 할 수 있다. 1942년에 출간된 그의 소설인 『보엔의 저택』 속 주인공들은 보엔이 적나라하게 해부한 영국 상류층들의 정신없고 무의미한 삶들을 경험한다. 하지만 알고 보면 보엔 자신도 상류층에 속했다. 오른쪽 사진은 보엔이 안고 있던 이러한 모순을 어렴풋이 보여준다. 상류층의 전형적인 모습인 마르고 긴 얼굴을 한 그는 성자처럼 두 손을 모으고 있다. 하지만 머릿속으로는 세속적인 생각을 하는 듯하다.

처음 글을 썼을 때 보엔은 줄이 그어져 있는 종이에 만년필로 쓰다가 나중에는 타자기를 이용했다. 그가 중요하게 생각한 것은 글을 쓰기 위한 적당한 분위기였다. "의자가 바닥 위에서 불안스럽게 삐걱거리는 소리", 집밖에서 들려오는 소음, 냄새…… 그는 글쓰기에 필요한 이 요소들을 일컬어 "내가 환각의 세계로 들어서는 것을 목격할 감각적 증인들"이라고 표현했다. 1950년에는 글을 쓸 때 자욱한 담배 연기, 핑크색 종이, 레몬수 한 잔이 필요하다고 언급하기도 했다. 차는 마시지 않았다. 찻잔과 받침대가 부딪히면서 나는 달그락거리는 소리를 거슬려했기 때문이다.

1900.7.18~1999.10.19

NATHALIE SARRAUTE

나탈리 사로트

"———————————————"

난 한 번도
내가 글을 써야 하는 이유를
알려고 해본 적이 없다.

　나탈리 사로트는 마침내 집을 찾았다. 수년간 유럽 이곳저곳을 떠돌아다닌 후의 일이었다.

　그는 러시아에 사는 아버지와, 파리와 제네바를 오가며 사는 어머니 사이를 왕래하며 어린 시절을 보냈다. 부모가 이혼 후 각각 재혼해서 새살림을 차렸기 때문이었다. 사로트는 러시아어, 프랑스어, 독일어를 섞어 써가면서 방랑을 했다. 심지어 하나의 이름을 쓰는 것도 허락되지 않았다. 원래 이름은 나타차 츠체르니아크였지만, 나치를 피해 몸을 숨기던 시절에는 유대인임을 숨기기 위해 니콜 소바주라는 이름을 써야 했다.

　어릴 적 체험한 이런 모호성이 그의 몸에 사무친 것이었을까? 사로트는 직선적으로 서술되는 이야기, 즉 모든 요소들이 조화를 이루며 끝나는 이야기를 쓸 수 없었다. 그의 소설에는 전통소설이 보여주는 사실적인 서술 방식이나 플롯, 주인공이 존재하지 않는다. 대신 거기엔 무의식의 세계에 대한 묘사와 탐구가 담겨 있다. 그의 이러한 새로운 글쓰기 방법은 1960년대 프랑스 문단을 휩쓴 누보로망Nouveau roman의 토대를 마련했다.

One can't write for all readers.
A poet cannot write for people who
don't like poetry.

모든 독자들이 읽을 글을 쓰기란 불가능하다.
시인은 시를 좋아하지 않는 사람을 위한
시를 쓸 수는 없다.

작가에겐 수십 년간 지속된 독특한 글쓰기 습관이 있었다. 그는 매일 아침 9시 15분부터 12시 30분까지 파리 집 근처의 카페에 가 있었다. 레바논 사람들이 즐겨 찾는 시끌벅적한 카페로, 때로는 무슨 말인지도 알아들을 수 없는 언어들이 사방에서 들리는 곳이었다. 그는 그곳의 구석 자리에 앉아 담배를 피우며 공책에 글을 썼다. 그의 작품 대부분이 이곳에서 탄생했다.

사로트는 집에선 글을 쓸 수 없었다. 집에는 아이들뿐 아니라 변호사인 남편의 손님들이 있었기 때문이다. 카페에 가면 기분 전환도 할 수 있었고 전화를 받을 일도 없었다. 그는 죽기 9년 전에 자신의 신조를 이렇게 표현했다. "글을 쓰는 건 어려운 일이다. 그것은 허공에 뛰어드는 일과 흡사하다. 카페에서라면 쉽게 뛰어들 수 있다."

담배를 문 모습을 담은 사진은 거의 없지만 사로트는 글을 쓰면서 담배를 피웠다. 노년에는 흡연을 줄이려고 노력해서, 불을 붙이지 않은 담배를 대신 입에 물곤 했다.

왼쪽은 사르트가 집에서 글을 쓰고 있는 사진이다. 특이한 점이 한 가지 있다. 작가의 뒤쪽으로 어두운 색상의 두터운 커튼이 드리워져 있는데, 벽에 걸려 있어야 할 그림이 커튼 앞에 걸려 있는 게 보인다. 이는 작가가 이 커튼을 계속 쳐놓은 채로 두었다는 걸 말해준다.

그는 여기서 무려 60년을 살았다. 커튼만 열면 에펠탑의 전망이 보이는 이 방에서 햇빛과 주변 환경을 완전히 차단한 채로 지냈다. 남편이 사망한 후 그는 카페 대신 이 방에서 글을 썼다. 그때는 집도 조용해졌고, 그로서도 매일매일 카페에 가기가 힘에 부쳤기 때문이다.

1903.6.8~1987.12.17

MARGUERITE YOURCENAR

마르그리트 유르스나르

" —————————————————————————— "

편하게 글을 쓸 수 있는 장소라면
어디건 상관없다.

유르스나르의 어머니는 그를 낳고 열흘 후에 죽었다. 지칠 줄 모르고 여행을 다니는 사람이었던 아버지는 딸을 데리고 각지를 전전하며 키웠다. 아버지가 가산을 걸고 카지노에서 도박을 할 때면 딸은 카지노 앞 벤치에서 하염없이 아버지를 기다리곤 했다. 아버지는 늘 자신이 읽던 책을 딸에게 다 읽으라며 건네고 들어갔다. 유르스나르의 작가 생활은 그렇게 시작되었다.

아버지가 1929년 암으로 세상을 떠났을 때 스물여섯의 유르스나르는 절망에 빠졌고 유럽 전역을 떠도는 보헤미안 생활을 이어나갔다. 그후 파리에서 공부하며 버지니아 울프의 장편소설 『파도』를 프랑스어로 번역했던 1937년, 유르스나르는 앞으로 그의 동반자가 될 그레이스 프릭이라는 미국인 여성을 우연히 만나게 되었다. 둘은 급속도로 친해졌고 이듬해에는 미국 뉴헤이븐에 있던 프릭의 집에서 겨울을 함께 보낸다.

그리고 마침내 1939년, 유르스나르는 프릭과 함께 미국으로 건너간다. 전세계의 호텔방을 떠도는 37년의 방랑을 끝내고 드디어 정착한 것이다. 물론 자신의 언어와 문화가 통용되던 공간이었던 파리를 그리워하기도 했고 파리가 해방되었을 때는 돌아갈 생각도 했었지만, 결국에는 계속 미국에 있기로 결심한다. 그후 유르스나르는 죽음이 둘을 갈라놓을 때까지 프릭의 곁을 떠나지 않았다.

> Everything is too far away in the past,
> or mysteriously too close.

과거에는 모든 것이 멀리 떨어져 있거나,
이상하리만치 너무도 가까이에 있었다.

147

1950년, 유르스나르와 프릭은 캐나다 국경 인근 마운트데저트 섬에 집을 마련했다. '프티트 플레장스Petite Plaisance', 즉 '작은 기쁨' 이라는 뜻의 이 집은 하얗게 칠한 목재 주택으로, 넓은 정원과 베란다도 딸려 있었다. 늘 새로운 고향 미국에서의 삶을 힘겨워했던 유르스나르는 휴식을 취하며 글을 쓰기 위해 이곳으로 갔다. 그는 20년 전에 쓰다 만 원고를 다시 펼쳐놓고 집필에 들어갔고, 그렇게 대표작인 『하드리아누스 황제의 회상록』이 완성되었다.

여행 욕구를 버리지 못하던 유르스나르였지만, 프릭이 암에 걸렸을 때는 여행을 포기하고 9년간 곁에 머물렀다. 1979년 프릭이 세상을 뜨자 다시 여행을 시작했고, 일흔여섯의 유르스나르는 마흔 살 연하의 남성 동성애자 제리 윌슨과 정열적인 사랑에 빠졌다. 하지만 윌슨 역시 유르스나르보다 1년 먼저 세상을 떠났다.

유르스나르는 장소를 가리지 않고 글을 쓴 작가로, 호텔 객실에 있건, 야간열차 안이건, 여객선 선실에 있건, 어디서든 머릿속을 비워놓은 다음 그 안을 소재와 주인공들로 채워넣었다. 『하드리아누스 황제의 회상록』의 초안도 그렇게 탄생했다. 기차 안 또는 강의를 하러 가는 차 안에서 한 권의 참고 서적도 없이 쓴 것이다. "이따금 하드리아누스 황제에게 가까이 다가가기 위해 글을 쓰기 전에 한두 시간 정도 그리스어 공부를 했지요."

프티트 플레장스의 부엌에서

작가는 라일락 색상의 블라우스를 입고 프티트 플레장스의 부엌에 앉아 포즈를 취했다. 다소 고즈넉한 느낌의 부엌이다. 주석으로 만든 단지들이 사이즈별로 벽에 가지런히 걸려 있다. 식품을 저장해놓은 유리병들도 있다. 낡은 오븐과 점토 항아리, 커다란 물주전자가 보이며 왼쪽 끝에는 포장지와 마분지 등이 들어 있는 선반도 보인다. 작가는 식탁에 앉아 있다. 식사를 하기엔 너무 작아 보이는 이 식탁 위에는 사과가 담긴 커다란 용기가 놓여 있다. 옆에는 애완견이 엎드려 있다. 보기 드문 사진이다. 작가가 부엌에 앉아 있는 사진은 많지 않기 때문이다. 왠지 부엌과 유르스나르는 어울리지 않을 것 같지만. 작가는 직접 요리를 하기도 했고 요리 솜씨도 나쁘지 않았다. 불안정한 생활을 하면서 요리는 언제 배웠을까? 유르스나르가 요리를 할 때면 프릭은 야채를 씻었다.

왼쪽은 서재 책상에 앉아 있는 유르스나르의 모습을 담은 사진이다. 사진 속의 유르스나르는 촬영자를 바라보고 있다. 그는 노인처럼 보이지 않으려는 애를 쓰지도 않았다. 실크 블라우스와 잿빛 머리칼, 진주 팔찌, 인장 반지가 눈에 띈다. 타자기 앞에서 팔꿈치를 책상 위에 얹고 두 손을 깍지 끼고 있다. 책상 위에는 종이, 펜, 메모지 등 여러 물품이 뒤섞여 있다. 사진 전면을 보면 타자기가 한 대 더 놓여 있다. 프릭이 앉아서 일을 할 때 쓰는 타자기이다. 두 타자기 사이에 있는 유리로 된 납작한 용기에 펜과 사무용품이 들어 있다. 두 여자는 일을 할 때도 가까이 앉았던 것이다. 프릭은 마르그리트 유르스나르의 집 관리인이자 여비서, 원고 심사자 역할을 맡았다.

작가는 누군가 사진을 찍을 때면 이런 포즈를 취하길 좋아했다. 글은 쓰지 않았다. 집필할 때는 조용한 분위기를 원하기도 했고, 카메라 불빛도 좋아하지 않았던 것 같다.

"마르그리트 유르스나르는 글을 쓸 수 있는 곳이라면,
어디서든 혼자 아무런 문제없이 살 수 있는 사람이다.
그는 책상에 앉으면 외로움을 조금도 느끼지 않았다."

＿조시안 사비노(저널리스트)

1906.10.14~1975.12.4

HANNAH ARENDT

한나 아렌트

" —————————————————— "

나 스스로
길을 찾아야 했던 것 같다.

독일 하노버의 유대인 집안에서 태어난 아렌트는 쾨니히스베르크와 베를린에서 자란 후에 하이델베르크와 프라이부르크에서 수학했다. 1933년에 프라하를 거쳐 파리로 망명했지만, 1940년 5월 남프랑스 나치 수용소에 감금되었다. 수용소에서 풀려난 뒤 1941년에 미국으로 망명했다. 제2차세계대전 후에는 정기적으로 유럽에 체류했으며, 1951년 미국 시민권을 획득했고 1959년에는 여성으로서 최초로 프린스턴 대학에서 교수직을 받았다.

여기까지가 도망자이자 아웃사이더였던 아렌트의 약력을 시기적·지리적으로 살핀 것이다. 나치 독일에 의해 국적을 박탈당하면서 깊은 상처를 받은 그는, 독일이 프랑스를 침공하면서 뉴욕으로 다시 망명을 떠나야 했다. 아렌트는 뉴욕 생활 초기에는 어머니와 남편 하인리히 블뤼허와 함께 살았다. 어퍼웨스트사이드에 위치한 방 두 개짜리의 좁은 아파트였다. 아렌트는 뉴욕에서 발행되는 유대계 신문에 기고하며 생활했다. 당시 그는 영어를 배워야 했는데, 첫번째 대작인 『전체주의의 기원』(1951년)도 이때 배운 언어로 쓰여진 것이었다. 1950년에 그는 남편과 함께 리버사이드 드라이브 370번가에 있는 큰 집으로 이사했다. 두 개의 근사한 작업실이 딸려 있었고 강이 내려다보이는 집이었다. 뉴욕 생활 초기에 살았던 이 두 집의 사진은 아쉽게도 남아 있지 않다. 아렌트가 사생활 보호를 중요시하는 사람이었기 때문이다.

"나는 진실을 알아야 한다."

1961년 나치 친위대로 유대인 학살을 주도했던 아돌프 아이히만 공판에 대한 보고서를 발표한 뒤에 친구들과 동료들마저 아렌트를 적대시하기 시작했다. 그에게 이제 미국조차 위험한 장소가 되었다. 아렌트는 또다시 새로운 고향을 찾아 떠나야 할지도 모른다는 생각에 두려움을 느꼈다.

아렌트는 잡지 『뉴요커』의 특파원 자격으로 예루살렘에서 열린 아이히만 공판에 참석했을 때 아이히만에게 받은 느낌을 기록하여, 나중에 이를 『예루살렘의 아이히만』이라는 책으로 발표한다. 아렌트는 여기서 '악의 평범성'이란 개념을 주장하면서, 아이히만을 악마가 아닌 평범한 인간으로 묘사했다. 뿐만 아니라 유대인 학살이란 비극에는 유대인회Judenrat에도 책임이 있다고 지적했다.

이 두 가지 주장은 서구 사회의 금기를 건드리는 것이었다. 아렌트는 홀로코스트를 사소하게 취급하고 유대인들에 대한 애정을 보일 줄 모른다는 거센 비난을 맞아야 했다. 하지만 그는 자신의 주장을 굽히지 않았고 게르숌 숄렘이나 한스 요나스 같은 오랜 동료들과의 결별도 감수했다. 아렌트는 낡은 확실성에 문제를 제기하고 그것에 현혹되지 않은 불온한 사상가였다.

Evil comes from a failure to think.

사유하지 않는 것
그것이 범죄다.

"생각에 잠긴 모습을 볼 수 있는 유일한 인간."

친구인 메리 매카시가 한나 아렌트를 두고 했던 말이다. 그의 사진을 보면 한쪽 뺨에 손을 대는 포즈를 취하는 모습이 많다. 젊은 시절 사진이나 나이 들어 찍은 사진이나 마찬가지다. 담배를 들고 있는 사진도 있다. 사진 속의 여인은 깊은 생각에 잠겨 있으며, 시선은 바깥이 아닌 자신의 내면을 향한 듯하다.

아렌트는 소설은 쓰지 않았으며, 자유와 유대주의라는 주제에 매달렸다. 특히, 스스로 '폭력의 세기'로 여겼던 20세기 사회는 물론이고, 자신의 삶에 지대한 영향을 끼친 전체주의에도 관심을 기울였다. 아렌트는 철학자가 되고 싶어하지 않았다. 차라리 정치이론가로 불리기를 바랐다. 인터뷰를 할 때면 맨 처음 받았던 질문도 잊지 않고 기억했다가 답변했으며 자신의 의견을 다시 이어나가곤 했다.

앞에서 언급했듯이 책상에 앉아 있는 한나 아렌트를 담은 사진은 없다. 그는 방해받지 않고 글을 쓸 수 있는 공간을 원했다. 뉴욕의 리버사이드 드라이브에 있는 집은 그에게 피난처와 같았다. 그는 이 집을 남편 하인리히 블뤼허, 비서 로테 쾰러와 함께 썼으며, 유대인 지인들을 초대하곤 했다.

이 집에 대해서는 마가레테 폰 트로타 감독이 역사적 정확성에 공을 많이 들인 영화 <한나 아렌트>(2012년)에 잘 나타나 있다. 아렌트의 커다란 방의 책상 위에는 세 장의 사진이 각각의 액자에 끼워져 있었다고 한다. 남편, 스승 마르틴 하이데거, 그리고 어머니 사진이었다. 영화에서는 어머니 사진이 빠졌는데, 어머니가 영화에 등장하지 않기 때문이다. 책상은 L자 형태이며 책상 옆으로는 강이 내려다보인다. 책상 위에는 이스라엘에서 가져온 소송 기록들이 여러 개의 박스에 담겨 있다. 영화 대본에서는 아렌트가 사용했던 타자기에 대해 언급하고 있는데, 종이 한 장이 타자기에 끼워져 있고 주변에는 안경, 연필, 메모지, 책 등이 늘어져 있다고 되어 있다. 영화를 보면 그가 소파에 누워 있는 장면이 몇 번 나온다. 한 손에 담배를 들고 누워 생각에 잠겨 있는 모습이다.

『한나 아렌트Hannah Arendt: For Love of the World』를 쓴 아렌트의 제자 엘리자베스 영 브루엘은 그의 집을 다음과 같이 묘사한다.

영화 〈한나 아렌트〉의 한 장면

"한나 아렌트는 글을 쓰는 공간과 대화하는 공간을 가장 중요시했다. 거실과 작업실이 그러한 공간이었다. 리버사이드 파크와 허드슨 강이 내려다보이는 큼지막한 창문 가까이에 책상과 타자기를 올려놓은 작은 탁자가 있었다.

그리고 가까이에는 자신이 저술한 책들을 꽂아둔 책장이 있었다. 넓은 거실 가운데에 소파와 의자, 음료를 보관하는 자그마한 찬장이 자리잡고 있었다.

그리고 담배와 성냥, 재떨이, 견과류와 사탕 접시, 화병 등이 놓인 커피 테이블이 있었다. 여기가 사람들과 대화를 하는 공간이었다. 손님들이 찾아오면 그들의 눈길은 아렌트의 책상으로 향했다. 아렌트가 방문자들과 함께 거실에 앉아 이야기를 나누는 시간에도 그의 글쓰기는 이 책상에서 계속 진행되고 있는 듯했다."

1907.11.14~2002.1.28

ASTRID LINDGREN

아스트리드 린드그렌

"————————"

나는 오전에는 글을 쓰고
저녁에는 사색을 합니다.
다시 아침이 오면
나는 계속 글을 쓸 수 있어요!

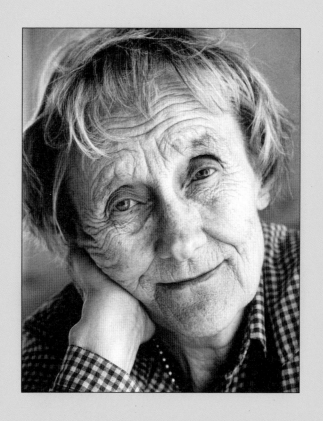

어린 시절의 추억을 이야기하는 작가

"너는 언젠가 작가가 될 거야."
그 말을 들은 나는 절대로 글을 쓰지 않겠다고 결심했다.

다행스럽게도 아스트리드 린드그렌은 어릴 적의 다짐을 지키지 않았다. 이 세상 아이들한테 얼마나 다행인 일인가! 물론 어른들한테도 마찬가지다.

작가는 삐삐 롱스타킹을 포함한 등장인물들을 통해 무법적인 아이들을 창조해냈다. 티 없이 밝은 세상에 살며 어른들의 기대와 불안감에 아랑곳하지 않는 아이들. 뭐든지 마음대로 다 할 수 있는 삐삐처럼 되고 싶지 않은 아이가 이 세상에 있을까? 그의 작품 속에 나오는 시골 마을 블레르뷔Bullerbü의 아이들처럼 유쾌하고 즐거운 세상에서 살고 싶지 않은 아이가 있을까? 요즘도 적지 않은 부모들은 자기 자녀들이 린드그렌이 만든 캐릭터들처럼 살아가길 바란다. 그가 만들어낸 캐릭터들과 똑같은 이름을 지닌 아이들이 많은 것도 아마 그래서일 것이다.

I write for the child within me.

나는
내 안에 존재하는
아이를 위해 글을 쓴다.

린드그렌은 자기 작품 속 주인공들만큼이나 아무 걱정거리 없는 행복한 어린 시절을 보냈다. 하지만 그에게도 불행이 찾아왔다. 열여덟 살이었던 1926년에 자신이 일하던 신문사 편집장의 아이를 갖게 된 것이다. 편집장은 결혼을 청해왔지만 린드그렌은 자기보다 서른 살 연상이었던 이 남자의 청혼을 거절했다.

결국 린드그렌은 스톡홀름으로 떠나 비서로 일하는 데 필요한 타자기와 속기 등을 배웠다. 그해 12월 4일, 린드그렌은 덴마크 코펜하겐에서 아들 라세를 낳았고, 다른 집에 아들을 맡긴 채로 스톡홀름에 돌아왔다. 그후 3년간 아들을 보러 코펜하겐에 열네 번이나 다녀왔는데, 이는 가난한 린드그렌으로서는 쉽지 않은 일이었다. 거의 굶다시피 하며 기차 요금을 모아야 했고, 열네 시간이 걸리는 야간열차의 삼등석 표밖에 살 수 없었다. 겨우 라세를 집에 데려올 수 있게 된 건 1930년이 되어서였다.

다음해에 그는 스투레 린드그렌과 결혼하여 딸 카린을 낳고, 거의 10년간 평범한 가정주부로 지냈다. 그러던 어느 날, 딸이 병에 걸려 앓아눕자, 붉은색 땋은 머리를 한 당당한 소녀의 이야기를 지어 딸에게 들려준다. 1944년에 린드그렌 자신이 다리를 다쳐 병상에 눕게 되자 예전에 딸에게 들려주었던 그 이야기를 글로 쓰기 시작했다. 그렇게 탄생한 『삐삐 롱스타킹』은 베스트셀러가 되었고 린드그렌은 스웨덴에서 가장 유명한 작가가 되었다.

스톡홀름의 자택에서 외국에서 출간된 자신의 작품들과 함께한
아스트리드 린드그렌

린드그렌은 1941년에 스톡홀름 달라가탄 46번지, 방이 네 개 딸린 집으로 이사했다. 죽는 날까지 무려 61년을 지낸 곳이었다. 그는 오전에 침대 위에서 잠옷을 입은 채 글을 썼다. 린드그렌의 사진을 많이 찍었던 사진작가 야콥 포젤은 그 모습을 사진에 담기를 학수고대했다. 린드그렌은 사진 찍히는 걸 좋아하긴 했지만, 포젤의 청은 끝내 들어주지 않았다.

린드그렌은 아흔 살의 나이에도 매일매일 글을 썼다. 당시에 찍은 왼쪽의 사진에서는, 타자기 앞에 반듯이 앉아 낡은 타자기 자판 위로 손을 얹고 시선은 정면을 향하고 있다. 이 순간을 방해 받고 싶지 않았을 것이다. 그는 작업할 때면 근심걱정을 물리친 채로 세상사를 잊고 글쓰기에 몰두했다.

그의 다른 면모를 보여주는 사진들도 있다. 앞에 나온 사진에 서는 사진 찍는 사람을 바라보면서 익살스런 표정으로 혀를 쭉 내밀었다. 그네에 앉아 놀거나 나무에 기어오르기를 좋아하는 천상 아이들의 표정이다. 순진한 표정을 짓는 할머니. 이런 모습 이 바로 작가의 매력이었다. 린드그렌은 이러한 자연스러움과 어린 시절의 감수성을 자신의 작품에 담았다.

1908.1.9~1986.4.14

SIMONE DE BEAUVOIR

시몬 드 보부아르

66 ———————————————— 99

글을 쓰지 않는 내 인생은
상상할 수도 없다.

"여자는 태어나는 것이 아니라 만들어지는 것이다."

시몬 드 보부아르는 1908년 1월 9일 파리의 독실한 가톨릭 집안에서 태어났다. 마치 학자의 삶을 타고난 것처럼 그는 어린 시절부터 강한 지식욕을 드러냈다. 애칭이 '자자'였던 친구 엘리자베트 마비유와의 만남은 소녀 시절의 보부아르에게 큰 영향을 미쳤다(마비유는 보부아르가 첫 작품을 발표할 무렵 세상을 떠난다). 자자의 영향으로 보부아르는 사춘기에 들어서면서 부르주아 계급인 부모에 대한 반항심에 사로잡혔다.

이후 그는 파리의 소르본 대학에서 철학 교수 자격시험을 준비하면서 장 폴 사르트르를 만난다. 당대 프랑스에서 손꼽히는 지식인이 될 두 사람은 1980년 사르트르가 사망할 때까지 부부 관계를 지속해나갔다. 두 사람은 결혼은 하지 않은 채로 각자 다른 사람들과 연애를 했으며, 단 한 번도 가정을 꾸리지 않았다.

보부아르는 1949년에는 여성해방에 대한 사상을 담은 『제2의 성』을 발표했고, 이로써 여성운동의 선구자로 자리매김했다. 1958년부터 1972년 사이에는 총 네 권으로 된 회고록도 냈다. 이 중 어린 시절부터 성인이 되기까지의 20년을 다룬 제1권에서는 좋은 집안 출신의 딸을 향한 주변 사람들의 기대를 무너뜨리기 위해 애썼던 보부아르의 모습이 잘 드러난다.

I wish that every human life
might be pure transparent freedom.

나는 모든 이의 삶이
완전한 자유이기를 소망한다.

이십대 초반의 보부아르는 함께 시험 준비를 하기 위해 처음으로 사르트르의 방을 찾았다. 책과 종이들로 가득했던 사르트르의 방은 그에게 깊은 인상을 남겼다. 오른쪽 사진의 보부아르는 서가 아래에 앉아 있다. 서가 위에 책이 너무 많아서 아래로 무너져내리지는 않을까 걱정이 될 정도다.

촬영자의 시선은 작가의 위쪽에 있는 책들을 향하고 있다. 서가에는 영어로 된 책들과 사르트르의 사진들, 담뱃갑이 쌓여 있고 옆에는 당시 프랑스에서 흔히 쓰던 서류철에 정리한 원고와 문서 등이 있다. 신문지와 편지 봉투, 메모지 함, 필기구를 담은 유리 용기, 여행지에서 사온 기념품 등도 보인다.

도대체 이 어지러진 책상에서 어떻게 글을 썼을까? 이 사진은 보부아르가 1954년 공쿠르 상의 상금으로 마련한 작은 집에서 찍은 것이다. 그전까지 보부아르는 자기 집도 없이 호텔에서 기거했다. 사르트르도 자주 같은 호텔에 묵었지만 방은 따로 썼다. 그런데 호텔 방에 살면서 사진 속에 있는 많은 물건들은 어떻게 간수했을까.

보부아르는 개인의 자유를 최고의 덕목으로 여기며 평범한 지식인의 삶을 살려고 했다. 그는 공공장소를 주된 생활공간으로 삼았으며, 카페에 앉아 책을 쓰거나 식사를 하고 친구들을 만났다. 물론 독일군이 파리를 점령했던 시절이라 카페가 집보다 난방 시설이 좋기도 했지만, 단지 그런 이유 때문에 카페를 즐겨 찾은 것은 아니었다. 보부아르는 일생 동안 일체의 가정사를 거부한 여성으로서, 요리를 비롯한 어떤 살림살이도 하지 않았다. 가사야말로 여자들의 자유와 삶, 글쓰기를 방해하는 덫이라고 여긴 것이다.

그는 부유한 집안에서 태어난 여자 역시 사정이 다르지 않다고 생각했다. 부유층에겐 딸이 자신들의 신분에 어울리는 남자와 혼인하는 게 상당히 중요한 사안이었다. 부유층의 끝없는 사회적 의무와 파티, 만찬, 바깥나들이 따위는 그가 보기엔 죽음처럼 지루한 시간 낭비였던 것이다. 보부아르는 차라리 카페에 나와 앉아서 세상을 관찰하기로 했다.

"내가 쓴 최고의 명작은 바로 내 인생이다"

보부아르는 본인의 회고록 마지막 권인 『총결산』에서 이렇게 썼다. "나는 대작가가 아니다. 대작가가 되고 싶은 생각도 없다. 다만 내 인생을 어떻게 생각하는지 다른 사람들에게 솔직히 전해주는 데서 존재 가치를 두고 싶다."

뒤로 빗어 넘긴 헤어스타일, 자주 즐겨 쓰던 터번, 붉은색으로 물들인 손톱은 보부아르의 트레이드마크였다. 왼쪽의 사진은 프랑스 갈리마르 출판사의 요청으로 찍은 것이다. 사진 속 그는 온화한 미소를 지으며 자신감 넘치는 표정으로 세계를 정면으로 응시하고 있다.

1908.5.23~1942.11.15

ANNEMARIE
SCHWARZENBACH

안네마리 슈바르첸바흐

"

투쟁이나 고민, 광기가 담긴
글을 쓰면 위안이 될 뿐만 아니라
오직 너만의 길을 갈 수 있어.

"

슈바르첸바흐와 가족과의 관계는 좋을 수 없었다. 그는 히틀러의 제3제국을 공개적으로 지지하던 장군인 할아버지를 비롯해 부유하고 보수적인 자신의 대자본가 집안을 못 견뎌했다. 딸을 소유하려드는 어머니에게 반항하면서도 레즈비언 성향은 그대로 물려받은 슈바르첸바흐는 어릴 적부터 사내아이처럼 입고 행동했고 인형보다는 오빠들과 노는 것을 좋아했다.

아홉 살부터 시작된 글쓰기는 그로 하여금, 어머니의 통제를 벗어나 자신의 감정을 마음껏 표현할 수 있게 해주었다. 슈바르첸바흐는 취리히와 파리에서 역사를 공부했을 때부터 작가가 되기로 마음을 정했다. 글쓰기는 그의 정신적 고통을 치유하는 방법이었다. 이러한 태도는 1931년 8월 에리카 만에게 보낸 편지에서도 드러난다. "사랑하는 에리카, 일이 진지함과 품위, 삶의 행복까지 보장해줄 거라 생각하니? 좋은 면에 대해서만 쓰면 투쟁이나 고민, 광기와는 거리가 먼 글이 되고 전혀 위로도 되지 않아. 하지만 투쟁이나 고민, 광기가 담긴 글을 쓰면 위안이 될 뿐만 아니라 오직 너만의 길을 갈 수 있어."

그는 베를린에 건너간 1930년에 에리카 만과 에리카의 남동생 클라우스 만을 알게 되었다. 이윽고 에리카에게 빠졌으나 일방적 사랑이었다. 에리카는 다른 여자를 사랑했다. 그럼에도 에리카와 여러 해 동안 친밀한 우정을 나눴다.

"식탁에 앉은 안네마리 슈바르첸바흐는 꼭 타락한 천사 같았다."

_토마스 만, 1938년 9월 9일

1933년 10월, 슈바르첸바흐는 처음으로 세계 여행을 시작했다. 이 여행에는 히틀러에게 동조하길 권하던 부모와 물리적인 거리를 두어야겠다는 심사도 깔려 있었다. 그는 페르시아(이란)와 미국에 각각 네 번을 갔다. 미국에서는 몰락한 북부 공업도시들과 남부의 비참한 모습을 사진에 담기도 했다. 1939년에는 인종학자이자 여행 작가인 엘라 마야르와 함께 자신의 포드 승용차를 몰고 제네바에서 출발해 아프가니스탄을 여행했다. 약물 중독에서 벗어나기 위한 여행이었지만 효과를 보지는 못했다.

슈바르첸바흐는 1931년 가을에 처음으로 모르핀을 경험한 후로 평생 중독에서 헤어나지 못했다. 수없이 금단 요법 치료를 받았지만 소용없었다. 1940년에는 뉴욕에서 여러 차례 정신병 발작을 일으키고 두번째 자살을 시도하면서 정신병원에 강제로 입원되었다. 겨우 퇴원했지만, 퇴원 조건에는 슈바르첸바흐가 즉시 미국을 떠나야 한다는 항목이 포함되어 있었다.

1942년 9월, 그는 스위스 엥가딘에서 자전거를 타다가 넘어져 머리에 심한 부상을 입었고, 잘못된 처방으로 인해 전기쇼크 요법 치료까지 받았다. 그런 상태에서도 글을 쓰려고 애썼지만 결국 몇 주 뒤에 사망했다.

The journey seems to me less
an adventure and a foray into
unusual realms than a concentrated
likeness of our existence.

나에게 여행이란
모험이나 도피라기보다
우리 존재에 집중하는 일이다.

"트빌리시에 도착했을 땐 비가 내리고 있었다."

슈바르첸바흐에게 여행과 글쓰기는 서로 떼어놓을 수 없는 것이었다. 그는 불과 서른네 살 나이에 죽을 때까지 대부분의 시간을 길 위에서, 자기 차였던 메르세데스 벤츠나 포드 컨버터블 안에서, 텐트에서, 심지어 당나귀 등 위에서 보냈다. 글을 쓰는 데 장소는 중요하지 않았다. 그는 낯선 사람들과 여행을 주제로 3백 쪽에 달하는 여행 기록과 소설, 시, 편지, 서평을 썼다. 모두 여행을 다니며 무릎 위에 종이나 타자기를 올려놓고 쓴 것이었다.

그가 쓴 여행 기록은 주제와 장소, 상황으로 바로 뛰어드는 문장들로 시작하는 경우가 많았다. "30분 후, 5시 45분에 라디오의 다이얼을 맞출 수 있다", "다마스쿠스 호텔에서 2시 반에 일어났다." 이런 문장들이 전해주듯, 그는 현장에서 글을 쓰거나, 구상했다.

오른쪽 사진에서 슈바르첸바흐는 아프가니스탄에서 돌아온 후 스위스 실스Sils에 구한 오두막의 책상에 앉아 글을 쓰고 있다. 고개를 깊이 숙인 채 글쓰기에 몰두하여, 자신을 촬영하는 것도 알아채지 못하는 듯하다. 여행 기록을 쓰는 데 영감을 줄 만한 물건들은 보이지 않는다. 전부 머릿속에 있는 걸까? 아니면 자기가 찍어왔던 7천 장에 달하는 사진들을 참조해가며 쓰고 있는 걸까?

1912.6.21~1989.10.25

MARY
McCARTHY

메리 매카시

"————————————————————"

우리는 누구나
자기 이야기의 주인공이다.

1961년 겨울, 파리 샹젤리제 인근 애비뉴 몽테뉴에 있는 방 두 개짜리 아파트. 메리 매카시는 이곳에서 소설 『그룹』을 썼고 『파리 리뷰』와 인터뷰를 했다. 넓은 아파트는 아니었지만 햇볕이 잘 드는데다 바닥까지 내려오는 큰 창문 덕분에 집안에서도 봄바람을 느낄 수 있는 곳이었다. 식탁이자 작업 공간이었던 테이블 위에는 램프와 책, 종이, 낡은 여행용 타자기가 놓여 있었다. 발코니에는 예쁜 핑크빛 진달래가, 작은 탁자 위엔 장미꽃이 보였다. 매카시는 견줄 데 없는 우아한 자태로 집안을 오가며 인터뷰에 응했다. 별다른 몸짓은 없었지만 에너지와 자신감이 넘쳤다.

빛이 잘 드는 시간과 공간

『파리 리뷰』인터뷰로부터 3년 후, 사진작가 지젤 프로인트가 파리 집에서 책상에 앉아 있는 매카시의 모습을 담았다. 매카시를 유명 작가로 만들어준 작품이자 자전적 색채가 짙은 장편소설『그룹』이 출간된 후였다. 당시 그는 세번째 남편과 함께 프랑스와 미국을 오가며 생활하고 있었다.

3년 전 인터뷰에서, 작업할 때 필요한 조건으로 "빛이 잘 드는 방"을 들었듯이, 이 사진 속에서도 그는 밝은 공간에서 글을 쓰고 있다. '빛이 잘 드는 시간'도 필요했던 걸까? 매카시의 작업 시간은 거의 항상 아침 9시에 시작해 오후 2시에 끝났다. 점심을 먹으러 집밖으로 나가는 법도 결코 없었다. 그것이 자신과 세운 일종의 원칙이었다. 아름다우면서도 스스로에게 엄격해 보이는 작가는 손을 우아하게 움직이며 글을 쓰고 있다.

매카시의 부모는 그가 여섯 살 때 둘 다 스페인 독감으로 사망했다. 고아가 된 매카시는 두 조부모 사이를 오가며 지냈고, 그 덕분에 가톨릭 교육과 유대교식 교육, 그리고 프로테스탄트 교육을 두루 받았다.

1930년대에 그는 신념에 찬 공산주의자였고, 스탈린의 모스크바 재판 후에는 트로츠키주의자가 되었다. 1940년대와 50년대에는 매카시즘과 공산주의를 비판했고, 60년대에는 베트남전쟁에 반대하는 글을 썼다.

매카시가 벌인 일화 중 가장 유명한 것은 극작가 릴리언 헬먼과의 다툼일 것이다. 1979년 토크쇼에 출연한 매카시는 헬먼을 두고 과대평가된 엉터리 작가라면서 "헬먼이 쓴 글은 'and'와 'the'를 포함해 모든 게 거짓말"이라고 폭로했다. 이에 헬먼은 자신을 비방했다며 매카시를 명예훼손으로 고소했다. 법정 싸움까지 이어진 이 사건은 1984년에 헬먼이 죽고, 그의 여러 회고록이 오류로 가득하다는 게 밝혀져 마무리되었다. 『펜티멘토』라는 헬먼의 회고록 중 일부는 오스카상에 빛나는 제인 폰다 주연의 영화 <줄리아>(1977년)로도 만들어졌는데, 헬먼과 반나치 활동을 펼치던 친구 줄리아와의 우정을 다룬 이 작품의 내용은 그가 만나본 적도 없는 미국인 정신과 의사 뮤리엘 가디너의 삶을 바탕으로 꾸며낸 것이었다.

In violence, we forget who we are.

폭력 안에서 우리는
우리가 누구인지 잊는다.

매카시는 사람들의 예상을 깨거나 다양한 모습으로 사람들을 놀라게 하길 즐겼다. 웃옷을 벗고 어느 회화에서인가 본 것 같은 포즈로 계단을 오르는 사진, 우아하게 차려입고 엷은 미소를 띠고 있는 사진, 부엌 식탁에 앉아 웃으며 요리책을 넘기고 있는 사진에 이르기까지……. 고정된 이미지에 틀어박히는 걸 피하려 했던 그의 성격이 사진 속에서도 엿보인다.

1912.8.18~1985.11.25

ELSA
MORANTE

엘사 모란테

" ——————————————————— "

작가의 사생활에 대해
온갖 소문들이 난무한다. 그것들은
누구에 대한 소문이건 상관없이
나에 대한 모욕으로 들린다.

엘사 모란테의 마지막 나날은 처참했다. 한때 유명 작가였던 그는 1983년 자살을 시도한 이후로 다른 사람의 도움 없이는 살 수 없는 상황에 처했고, 매우 빈곤하기까지 했다. 전남편인 소설가 알베르토 모라비아는 모란테를 도와달라며 이탈리아 대통령에게 호소하기도 했다. 하지만 사후에 밝혀진 바에 의하면, 사실 모란테는 부동산과 유가증권 등을 보유한 백만장자였다고 한다.

그는 1912년 로마 빈민가의 어려운 가정에서 태어났다. 새아버지는 성불구자로 자기 집에서조차 부랑자처럼 취급받았고, 어머니에겐 넷이나 되는 자녀가 있었다.

모란테는 열여덟 살에 집을 나와 글을 쓰기 시작했다. 1937년에는 이미 작가로 명성을 떨치고 있던 모라비아를 만나 1941년에 결혼했다. 결혼생활은 순탄치 않았지만, 그래도 모란테는 남편을 통해 이탈리아 문학계에 발을 들여놓을 수 있었다. 제2차세계대전이 한창이던 1943년부터 부부는 이탈리아 남부에 숨어 살아야 했다. 두 사람 모두 부모가 유대인이었기 때문이다. 이들의 결혼생활은 20년간 지속되었다.

이후 모란테는 모라비아와 이혼하고 연하의 미국인 남자 빌 모로와 재혼한다. 하지만 1962년 그가 뉴욕의 고층 빌딩에서 투신자살하면서 두번째 결혼도 비극으로 끝난다. 모란테는 이후로도 사건의 충격에서 끝내 벗어나지 못했다.

It does not matter how the facts occur
in life. It matters how they are told.

진실이 무엇인지는 중요하지 않다.
어떻게 이야기되는지가 중요하다.

모란테는 그후 10년 동안 작품 활동에 전념했고 1974년에 장편소설 『역사』를 발표하면서 명성을 얻었다.

『역사』는 1940년대 이탈리아 사회가 배경으로, 한 여인과 각기 다른 성격의 두 아들이 주인공으로 등장한다. 모란테는 이 소설을 통해 자신이 직접 체험한 파시즘과 전쟁, 유대인 박해를 다루었다. 또한 그는 자신에게 쏟아지는 비난의 원인이 된 마술적 사실주의 요소들을 이용하기도 했다. 이 장편소설은 발간 첫해에 60만 권이 팔리며 국민 서사시로 자리잡았으며 주세페 람페두사의 『표범』과 비교되기도 했다. 이를 통해 모란테는 당시 문단을 지배하고 있던 사조인 신사실주의에 동참하지 않으면서도, 전후 이탈리아 문학에서 가장 중요한 작가 중 하나로 자리매김했다.

옆 사진 속 그는 인타르시아 기법으로 상감한 책상을 말끔하게 정돈한 채로 앉아 있다. 담뱃갑과 램프가 단정히 놓인 책상에서 큼지막한 노트 위에 글을 쓰고 있다. 글쓰기가 즐거운지 입가에는 잔잔한 미소가 흐른다. 남편인 모라비아가 자기 방에 들어가 글을 쓸 때면 모란테도 소설을 썼다. 모란테는 화산이 분출하듯 미친듯이 글을 썼다고 한다. 모라비아와 함께했던 이 시절의 그가 발표한 네 편의 장편소설은 모두 주요 문학상을 수상했다.

로마의 작은 다락방

　모란테의 사진을 보면 그의 반려동물이었던 고양이를 안고
있는 사진이 많다. 그래서인지 몇몇 사진 속의 그는 고양이를 닮
은 것 같기도 하다. 동시대의 지인들도 그를 두고, 반짝이는 눈
동자가 매력적이라면서 어린아이나 고양이 같다고 말했다. 여기
엔 모란테의 엉뚱한 행동들이 남긴 인상도 담겨 있을 것이다. 그
가 로마에 있는 집의 지붕 위에서 열었다던 크리스마스 파티는
지금까지도 전설적인 일화로 전해온다. 누군가 그에게 친절하
게 담뱃불을 붙여주려다가 담뱃불 붙이는 즐거움을 빼앗았다는
이유로 봉변을 당했다는 이야기도 있다. 이혼 후에 누군가 그를
"엘사 모라비아"라고 부르면 불같이 화를 냈다고 한다. 모란테는
그런 일이 생길 때면 예민해져
서 로마의 작은 다락방 '비아 델
로카Via dell'Oca'에 틀어박혀 글쓰
기에 몰두했다.

로마에 있는 모란테의 서재, 비아 델로카

1914.4.4~1996.3.3

MARGUERITE DURAS

마르그리트 뒤라스

"————————————————"

작가는 작품의 소재를
종이에 옮기는
다리 같은 역할을 할 뿐이다.

　　마르그리트 뒤라스는 프랑스령 인도차이나(지금의 베트남)에
서 프랑스어 교사 부부의 막내딸로 태어났다. 그의 어린 시절은
불행했는데, 어머니의 보살핌도 거의 받지 못했고 짓궂은 오빠에
게 시달리며 자란 탓이었다. 열다섯 살 적 그는 한 중국인 남자와
만나게 된다. 뒤라스는 자기 나이의 두 배는 될 이 젊은 남자와 정
열적인 사랑을 경험했고, 나중에 이를 소설 『연인』으로 남긴다.

　　열일곱 살 되던 해에 뒤라스는 학업을 위해 어머니를 두고 파
리로 떠난다. 수학과 정치학 등을 공부했고 학업을 마친 후에는
적극적인 공산당원으로 활동했지만, 1930년대 후반에는 인도차
이나 식민지를 관리하는 프랑스 정부 공무원으로 일하기도 했다.
또한 제2차세계대전 동안 친나치 비시정부에서 일했을 당시엔
프랑스 레지스탕스에 소속된 단원이기도
했다. 이렇듯 마르그리트 뒤라스는 아
나키스트이자 이탈자, 그리고 무엇
보다 스스로 표현했듯 "애매모호
한 인간"이었다.

“ ———————————— ”

Solitude isn't found,
it's made.

고독은 발견되는 게 아니라
만들어지는 것이다.

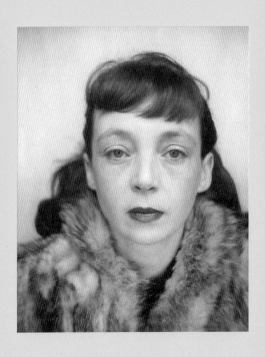

오른쪽 위 사진은 사진작가 보리스 리프니츠키가 1955년에 찍은 것이다. 뒤라스가 타자기 앞에서 돌아 앉아 있다. 보이는 것처럼 그는 작은 체구였다. 반지를 끼고 있는 손으로는 다른 여러 사진들에서처럼 담배를 들고 있다. 아직 불을 붙이지 않은 궐련 담배다. 정면이 아닌 뒤의 어딘가를 바라보고 있는데, 얼굴이 환해보이는 것이 고상한 풍모를 드러내며 마흔 살보다 젊어보인다.

글을 쓰는 공간은 소박한 듯하다. 오래된 작은 책상에 낡은 타자기 한 대가 놓여 있을 뿐이다. 닳고 닳아 보이는 이 타자기는 오랫동안 그와 함께 종이의 빈 곳을 채워왔을 것이다. 창문을 통해 햇빛이 들지 않을 때는 직물로 된 단순한 갓을 씌운 램프가 방안을 밝혔다.

그는 뒤를 돌아보고 이렇게 말하는 듯하다. "좋아요. 사진 찍으세요. 다만 제가 조용히 일할 수 있게 해주세요." 아니면 자신감 넘치는 태도로 이렇게 말했을지도 모른다. "사진은 잘 찍혔나요? 좋아요. 이제 일을 할 수 있겠군요."

노년에 이른 그의 사진에서는 한 지식인의 모습이 엿보인다. 여러 개의 커다란 반지와 짤랑거리는 소리가 날 듯한 팔찌는, 어두운 색의 커다란 안경을 쓴 나이든 지식인의 얼굴과 묘한 조화를 이룬다.

뒤라스는 1958년 『태평양의 방파제』의 영화 판권을 팔면서 받은 돈으로 프랑스의 노플 르 샤토라는 작은 마을에 있는 낡은 집을 샀다. 베르사유에서 남서쪽으로 약 20킬로미터 떨어진 이 은거의 장소는 파리에서 그리 멀지 않았다. "집의 입구에 들어서는 순간 내가 말했다. '이 집을 사겠어요'라고. 그리고 그 자리에서 현금으로 집을 샀다." 밝은색으로 외벽과 실내를 꾸몄던 이 집은 주인이 떠난 지금은 담쟁이넝쿨만 무성하다.

그곳은 낡은 가구들로 어수선한 집이었다. 그는 거실 한편에 책상을 배치했다. 천장까지 닿는 높은 장식장 안에는 작은 장식품들을 넣었다. 책상 위에는 종이와 꽃, 벌꿀이 든 유리병 등이 흐트러져 있었고, 바로 옆에는 커다란 전화기가 놓여 있었다. 뒤라스는 이렇게 술회했다. "이 집에서 『롤 발레리 스탱의 황홀』과 『부영사』를 썼다. 여러 권의 책이 여기서 탄생했다."

뒤라스에게 노플의 집은 세상과 접촉하지 않고 살면서 어린 시절의 고뇌를 잊게 해주는 공간이었다. 그는 이 집에서 스스로 선택한 고독을 맞았다. 그것은 독일군에 잡혀 이제 돌아올 수 있을지 어떨지도 알 수 없는 그의 남편 로베르 앙텔므를 기다리는 외로움이었다. 어느 인터뷰에서 털어놓았듯, 절대 고독에서 그를 구해준 것은 글쓰기였다.

그는 생애 마지막 10년을 노르망디 트루빌의 바닷가에서 보

냈다. 예전에 로슈 누아 호텔로 사용되었던 아파트가 집필 장소
이자 도피처였다. 이곳에서 작가는 베스트셀러가 된 자전적 소
설 『연인』을 썼다.

1917.2.19~1967.9.29

CARSON McCULLERS

카슨 매컬러스

"— 나는 내가 창조한 사람들과
함께 산다. 덕분에 나의 외로움은
늘 누그러진다. "

눈을 뗄 수 없는 불편한 시선

새하얀 블라우스를 입고 찍은 작가의 사진을 보자. 청순해 보이는 하얀 블라우스를 입었음에도 어딘가 불편한 느낌을 주는 사진이다. 뻣뻣하게 풀을 먹인 블라우스 칼라와 소맷부리, 맨 위까지 단정하게 채운 단추가 눈에 띈다. 시선은 정면을 향하고 있다. 그 강렬함과 노골적인 태도에 마음이 편치 않을 정도지만, 동시에 그 시선에서 눈을 뗄 수도 없다. 커다란 눈동자를 보고 있으면 마치 세심히 관찰당하는 듯한 기분마저 든다. 머리 위로 들어 올린 팔, 이마에 자를 대고 자른 것 같은 짧은 앞머리, 짙은 빨강으로 칠한 입술에서 코를 지나 머리 위쪽의 담배까지 이어지는 대각선은 청순하고 말쑥한 첫인상을 금세 사그라들게 한다.

매컬러스는 열다섯 살 때 심각한 류머티즘을 앓으면서 오랫동안 병상에 누워 있어야 했다. 허약한 건강 상태는 인생 내내 이어졌다. 스물넷의 나이엔 뇌졸중을 겪어 한때는 앞을 보지 못하기도 했다. 서른 살 무렵에는 다시 심각한 뇌졸중을 앓았고, 그후 남은 20년의 생애 동안 지팡이에 의지해서 생활했다.

아래쪽 사진엔 글을 쓰고 있는 매컬러스의 모습이 담겨 있다. 실내 분위기는 소박하고 깔끔해 보인다. 그는 글을 쓸 때 담배를 피우면서 셰리(스페인산 백포도주)를 넣어 끓인 차를 마셨다. 앞쪽에 종이가 수북하게 쌓인 것으로 보아 써야 할 글이 많은 듯하다.

　매컬러스는 룰라 카슨이라는 이름으로 미국 조지아 주에서 태어났다. 어린 시절 꿈은 피아니스트였으나 좀더 자라서는 작가가 되기로 마음먹었다. 그는 문학에 몸을 던지기 위해 열일곱 살에 뉴욕으로 떠난다. 그러고는 불과 6년 만인 1940년, 장편소설 『마음은 외로운 사냥꾼』을 발표하면서 유명세를 얻었다.

　오른쪽 사진은 『보그』 1940년 9월호에 실려 서점들에도 내걸렸다. 자기가 쓴 소설책에 몸을 기대고 있는 볼이 통통한 스물세 살 여자의 모습은 독자들의 호기심을 자극했다. 이렇게 젊고 속편해 보이는 여자가 진지한 장편소설을 썼다고?

　매컬러스는 이러한 의구심을 무색케 할 정도로 천재적인 작가였다. 그는 자신의 작품에 미국 남부인들이 느꼈던 상실감과 무자비함을 성공적으로 담아냈을 뿐 아니라, 삶이 녹록치 않았던 아웃사이더와 고독한 사람들의 마음까지 녹여냈다.

　하지만 제임스 리브스 매컬러스와의 결혼생활은 작가를 파괴해갔다. 리브르는 아내가 지닌 작가로서의 능력을 질투한 작가지망생이었지만, 그에겐 글을 쓸 충분한 시간도 능력도 없었다. 부부는 사람들이 보는 데서 싸워댔고, 동성과 이성을 가리지 않고 연인들을 사귀었으며, 알코올에 탐닉했다.

　그러다 작곡가 데이비드 다이아몬드를 사이에 두고 미묘한 삼각관계가 형성되면서 돌이킬 수 없는 사이가 되었다. 리브르가 아내의 수표 서명을 위조한 일을 계기로 부부는 1941년에 이혼하지만, 4년 후 다시 결합한다. 1953년, 리브르는 매컬러스에게 동반자살을 하자고 권한다. 매컬러스는 도망쳤고 남겨진 그는 다량의 수면제를 먹고 자살했다.

The writer is by nature a dreamer –
a conscious dreamer.

작가는 본래 꿈을 꾸는 사람이며,
그들이 꾸는 꿈이란 자각몽이다.

"작가 카슨 매컬러스를 만든 것은 삶에 대한 무조건적인 의지였다.
살아남으려는 의지, 그리고 글을 쓰려는 의지 말이다."

_ 메리 머서(정신과의사)

1921.1.19~1995.2.4

PATRICIA HIGHSMITH

퍼트리샤 하이스미스

" ———————————————— "

글을 쓰지 않는 사람들에게
글쓰는 행복을 전하는 일은
불가능하다.

자기만족에 빠져 있는 한 작가가 다소 불만스런 표정으로 글을 쓰고 있다. 열정적으로, 심지어 단호하게 타자기를 두드린다. 오른손 가운데 손가락을 앞으로 뻗어 힘있게 타자기 자판을 내리치고 있다. 입에는 필터 없는 담배가 물려 있다.

퍼트리샤 하이스미스는 그다지 깔끔하다고 할 수 없는 환경에서 힘겹게 글을 썼다. 머리 위로는 지붕 경사각이 살짝 보인다. 사진의 가장자리가 잘려서 그런지 그의 모습이 사진 속에 꽉 들어차 있다. 접이식 롤톱 책상 위에도 여유 공간이 전혀 보이지 않는다. 타자기와 우편함, 홀더에 꽂힌 문서들 말고는 다른 걸 올려놓기도 어려워 보인다. 방문은 열려 있고 그 위에 청바지가 걸려 있다. 전체적으로 다소 우울한 느낌을 주는 작업실이다.

타자기 앞에 앉은 하이스미스의 자세가 특이하다. 등을 굽혀 몸을 앞으로 밀고, 머리는 아래로 숙인 채 앉아 있다. 평생의 반려자였던 그의 고양이들과 닮은 모습이다. 그의 고양이들도 종종 몸을 돌리고 보란듯이 사람들을 외면했다. 반면 하이스미스의 전기를 쓴 조앤 셴커는 그의 모습을 달팽이 같다고 묘사했다. 그가 사용하던 접이식 책상에도, 하이스미스에게도 잘 어울리는 표현이다.

집필중인 퍼트리샤 하이스미스. 1976년

하이스미스는 첫 소설 『재능 있는 리플리』의 원고를 75쪽까지 쓰고 나서 팽개쳐버렸다. 내용이 너무 평이하다는 게 이유였다. 그는 '의자의 끄트머리에' 앉아 원고를 다시 쓰기 시작했다. 작가 자신부터 불안과 긴장을 유지한 채로 글을 씀으로써 소설과 소설 속 주인공에도 불안과 긴장을 불어넣기 위해서였다. 살인 행위를 묘사하고 영혼의 심연을 샅샅이 비추려면 작가도 그에 상응하는 불편한 환경에서 글을 써야 한다는 생각이었는지도 모른다.

물론 하이스미스도 어디까지나 행복을 위해 글을 썼다. 그의 인생에서 가장 중요한 것은 글쓰기였다. 친구, 사람들과의 만남, 여행도 그보다는 중요하지 않았다. 그는 말했다. "글을 쓰는 것은 개인적인 일로, 그 행복은 말로 표현할 수가 없다. 글을 쓰지 않는 사람들에게 글쓰는 행복을 전하는 일은 불가능하다."

동시에 그는 자기 자신에게 매우 엄격한 작가이기도 했다. 아침식사 후에 글을 쓰기 시작하면 일곱 시간 내지 여덟 시간을 글 쓰는 데 매달렸다. 그는 자신의 집필 방식을 이렇게 말한 바 있다. "나는 일을 천천히 합니다. 완벽주의자이기도 하죠. 한번 자리에 앉으면 여덟 장 정도 원고를 쓰려고 노력합니다. 물론 보통은 그보다 적게 쓰지만요. 원고를 다 쓰고 나면 꼼꼼하게 검토하고 두세 번 정도 읽어봅니다." 이따금씩 그는 휴식을 취하고 음악을 듣거나 책을 읽기도 했다.

My imagination functions
much better when I don't have
to speak to people.

나는 혼자일 때
창의력이 더 뛰어나다.

하이스미스는 사람 만나는 것을 극도로 싫어했다. 인터뷰를 하는 일도 거의 없었는데, 인터뷰의 후유증을 교통사고와 비유하곤 했다. 이러한 태도는 나이가 들면서 더욱 괴벽스러워졌다. 1963년 이후로는 고향 미국보다 자기 책이 더 많이 팔린 유럽으로 건너가 글을 썼다. 영국, 프랑스, 스위스 등을 주로 배를 타고 오갔는데 어디를 가든 늘 타자기와 함께였다. 그는 1991년 노벨문학상 후보 물망에 오르기도 했으나, 상은 소설가 나딘 고디머에게 돌아갔다.

하이스미스의 추리소설에 도덕적 권위를 가진 인물은 등장하지 않는다. 살인범을 쫓고 찾아내서 그를 법정에 세우는 형사도 나오지 않는다. 살인범들은 형벌을 모면하거나 일말의 거리낌도 없이 연쇄 살인을 저지른다. 죄를 지은 사람은 벌을 받지 않으며, 심지어 잘못을 속죄하지도 않는다. 하이스미스의 소설이 섬뜩한 느낌과 더불어 마음을 옥죄는 느낌까지 주는 것은 바로 이 때문이다. 그의 작품을 읽은 독자들은 이론상으로는 누구든 범인이 될 수 있음을 느끼게 된다.

하이스미스의 작품 『재능 있는 리플리』에 등장하는 유명한 주인공 '톰 리플리'는 우연의 산물이다. 작가는 이탈리아 남부 아말피 해변에서 어느 이른 아침에 인적이 드문 모래사장을 걷고 있는 한 남자를 보았다. 그의 모습은 하이스미스의 머릿속을 떠나지 않았다가 결국 부잣집 친구를 죽이는 살인범으로 다시 태어났다.

1923.11.20~2014.7.13

NADINE
GORDIMER

나딘 고디머

" —————————————————— "

나는 작가라는 직업을
선택하지 않았다.
그 직업이 나를 찾았을 뿐.

고급스러운 집

나딘 고디머의 사진에서 우리는 깔끔하게 꾸민 고급스런 거실에 앉아 있거나 아름다운 고급 숄을 걸치고 온화한 미소를 보내는 여인의 모습을 본다. 프랑스 사람들이라면 "잘 교육받은 중산층", "우아함", "근사함", "자유스러움" 등의 말로 표현할 자태다. 자신감이 넘치고 침착하며 품위 있는 것이 재정적인 문제를 겪고 있는 여성의 모습은 결코 아니다. 그는 꼿꼿한 자세로 의자에 앉아 있다. 오른쪽처럼 고양이와 함께 찍거나, 아예 품에 안고 있는 사진도 있다. 정면을 바라보는 고양이와 달리 작가는 시선을 먼 곳에 두고 있다. 어떤 사진에서는 작가 자신이 기르는 바이마라너(독일종 사냥개)가 등장하기도 한다.

고디머의 생활이 사진 속의 풍경처럼 늘 윤택했던 것은 아니다. 첫 장편소설을 출간했던 1953년만 해도 그는 소설을 쓰기에 어려운 조건에 처해 있었다. 첫 남편과 이혼하면서 딸을 홀로 키우고 있었고, 이혼으로 닥친 경제적 어려움 때문에 중산층으로서의 화려한 생활을 포기해야 했던 시기였다.

그후 1954년 고디머는 유명 미술상 라인홀트 카시러와 결혼
했고 이듬해 아들을 낳았다. 언제나 일이 우선이었던 그는 자기
자녀들을 기숙학교에 보내 자녀 양육의 부담을 덜고 글을 썼는
데, 이 때문에 인정머리 없는 여자라는 비난을 받기도 했다. 그는
서재 문을 걸어 잠그고 글을 썼고, 아이들을 서재에 들이지 않았
으며 라디오도 틀지 못하게 했다. 전화기 플러그도 뽑아놓은 상
태였다. 보통 네 시간 정도 글을 쓰고 나면, 세탁소에 옷을 맡기
거나 화초에 물을 주는 등의 집안일을 했다.

나딘 고디머는 오래전부터 고국인 남아프리카공화국의 인종
차별 정책인 아파르트헤이트에 반대하면서 그 해악들을 자신의
작품으로 고발해왔다. 자신의 책이 출판 금지되는 가운데서도
타협하지 않았던 그의 사회참여 활동은 1991년 노벨문학상을 수
상하는 데도 한몫했다. 남아공의 인종차별 정책이 끝나갈 무렵
새 정부에서 일해볼 의향이 있느냐는 제안이 있었지만 그는 단
호하게 거절했다. 자신은 작가이지 정치인이 아니라면서.

요하네스버그의 집

"나는 위기에 처해 있다. 비록 낡았지만 쓸 만한 내 올리베티 타자기에 채울 리본을 요하네스버그에서 구할 수 없게 되었기 때문이다. 이제 나는 손으로 글을 써야 한다."

『프랑크푸르터 알게마이네 차이퉁』의 기자 클라우디아 브륄은 고디머를 남아공 문학계의 "귀부인Grande Dame"이라고 표현하면서, 그가 살던 요하네스버그 오래된 동네에 있는 집을 역사적인 건축물이라고 묘사했다. 이 집은 전기 담장으로 둘러싸여 있는데, 2006년에 고디머가 집에서 강도에게 습격을 당해 창고에 감금되는 사건이 있었기 때문이다.

이 집은 그에게 너무 컸다. 2001년 남편이 죽고 난 후에는 더욱 그랬다. 하지만 그곳은 그의 일터이기도 했기에 고디머는 끝내 집을 떠나지 않았다.

고디머는 아침에 글을 썼는데, 이는 그가 어린 세 자녀를 키웠을 때부터 가져온 습관이었다. 그는 자신의 생애에서 가장 행복했던 순간은 열네 살에 첫번째 소설을 발표했을 때라고 거듭 말해왔다. 노벨문학상을 수상했을 때조차 그 순간의 행복을 넘어설 수는 없었던 것이다.

Written words still have the amazing
power to bring out the best and worst
of human nature.

글로 쓰인 단어들에는 인간 본성의
가장 고귀한 부분부터 가장 추악한 부분까지
끌어내는 놀라운 힘이 있다.

1926.6.25~1973.10.17

INGEBORG BACHMANN

잉에보르크 바흐만

" ——————————————————————————— "

적합한 언어를 찾아낸다면
무기는 쓸모없어질 것이다.

잉에보르크 바흐만은 오스트리아 클라겐푸르트에서 태어났다. 어린 시절부터 시를 써오던 그는 1952년, 스물여섯 되던 해에 독일의 전설적인 문학 단체인 '47년 그룹Gruppe 47'의 문인들 앞에서 시를 낭송하기도 했다. 그리고 이듬해, 시집 『유예된 시간』으로 47년 그룹에서 수여하는 문학상을 수상했다.

바흐만은 시 외에도 수필, 오페라 대본, 방송극 등에도 재능이 있었다. 1964년에는 게오르크 뷔히너 상을 받았고, 4년 후엔 문학 부문에서 오스트리아 국가상을 받았다. 로마로 이주한 1965년에는 3부작 소설 『죽음의 방식』을 썼고, 1971년에 장편소설 『말리나』를 발표했다. 그는 말년에 약물에 의존하여 생활했는데, 지인의 말에 따르면 온몸이 담뱃불에 그슬린 자국투성이였다고 한다. 진정제를 복용해서 통증을 잘 느끼지 못했기 때문이다. 1973년 10월 17일, 바흐만은 투숙하고 있던 호텔 객실에서 담배를 쥔 채로 잠이 드는 바람에 일어난 화재로 세상을 떠났다.

오른쪽 사진 속의 바흐만은 타자기 앞에 앉아 있다. 타자가 너무 높아 보인다. 값비싼 나무로 만든 고급 원형 탁자로, 표면을 보면 상감 세공을 했음을 알 수 있다. 아무래도 탁자 위에 임시로 타자기를 올려놓은 것으로 보인다. 탁자 표면을 보호하기 위한 것인지, 혹은 타이핑할 때 발생하는 소음을 줄이려 한 건지, 타자기 아래에 평평한 방석을 깔아놓았다. 타자기 뒤로 비더마이어

양식의 간소한 소파에 앉아 있는 그의 키가 아주 작아 보인다. 탁자는 너무 높고 소파는 너무 낮은 것이, 자세가 그리 좋아 보이지 않는다. 몸을 좀더 세우지 않으면 방금 자기가 쓴 글을 읽기도 어려울 것 같다. 뭔가 흡족한 듯 입가에는 엷은 미소가 흐른다.

왜 이런 엉성한 자세를 취했을까? 왜 제대로 된 책상에 앉아 자세를 똑바로 하고 일하지 않았을까? 타자기가 잘 작동되고 글만 잘 써지면, 다른 건 아무래도 상관없다고 말하려는 걸까?

No new world without
a new language.

새로운 언어 없이는
새로운 세계도 없다.

불장난 같은 삶

왼쪽 사진에서 작가는 거울 앞에 있다. 거실 소파 위쪽에 걸려 있는 대단히 큰 거울을 옆에 두고 있는 모습이다. 사진 속의 바흐만은 우리가 많은 초상화에서 익히 봐온 전형적인 포즈를 취했다. 우울하고 생각에 잠긴 시선은 내면을 향하고 있다. 어쩌면 이는 여성만의 감정을 표현하기 위해 적당한 언어를 물색하면서, 세상을 전혀 이해하지 못하고 부정하기까지 했던 작가의 글쓰기 방식을 암시하는 모습일 것이다. 바흐만에게 여성 작가로 존재한다는 것은 불장난 같은 삶을 의미했다. 그런 모티프는 그의 시와 산문에 자주 등장한다.

"나는 글을 쓸 때만 존재한다.
글을 쓰지 않는 나는 존재하지 않는다.
글을 쓰지 않을 때면 나 자신이 몹시 생소하게 느껴진다.
이상한 존재 방식이다.
반사회적이고 고독하며 지긋지긋한 일이다."

1929.3.18~2011.12.1

CHRISTA WOLF

크리스타 볼프

" ———————————————————— "

죽이거나 죽는 것 외에도
방법이 있다.
살아내는 것이다.

크리스타 볼프에게는 글쓰기와 관련해 꼭 치러야 하는 나름의 의식이 있었다. 그 의식에서 장소나 분위기는 중요하지 않았다. 중요한 건 글을 쓰는 날짜였다. 볼프는 1960년부터 매년 9월 27일이 되면 일기를 썼다. 일기장에 세세히 적어간 그 내용이란, 9월 27일에 일어났던 작은 일들이었다. 볼프는 매년 자발적으로 행하는 이 일에 '중독'되어 있었다. 사망하기 몇 주 전에도, 그는 이미 흐려진 필체로 병상에 누워 마지막 일기를 썼다. 사망하기 전해인 2010년에는 다음과 같이 일기에 적었다. "글을 쓸 수 없게 된다고 해서 서러워하지는 않을 것이다."

나누어진 하늘의 시인

1980년대 함부르크의 학생들이 찾는 선술집에 가보면 볼프의 명저인 『카산드라』의 해적판이 늘 나돌고 있었다. 이는 볼프에게 응당 돌아가야 할 수입을 막는 일이었지만, 다른 한편으로는 당시 볼프의 명성과 그의 작품들이 차지하는 중요성이 얼마나 대단했는지를 증명하는 셈이었다. 『카산드라』와 『나누어진 하늘』과 같은 작품들에서 볼프는 이러한 의문을 제기했다.

"언제를 '전전戰前 시대(제2차세계대전이 발발하기 이전의 시대)'의 시작 시점으로 해야 할까? 동서독의 분리 징후가 처음으로 나타났던 건 언제부터였을까?"

볼프는 1929년 독일의 란츠부르크(현재 폴란드 고주프비엘코 폴스키)에서 태어났다. 1945년에는 부모와 함께 메클렌부르크로 옮겨갔고 예나 대학교와 라이프치히 대학교에서 독문학을 공부했으며 졸업 후에는 출판사 편집자로 일했다.

그는 구동독의 정치 상황을 비판적인 시각으로 바라보았다. 장편소설 『크리스타 T.에 대한 회상』(1963년)의 출간이 여러 해 동안 지연되었던 것도 검열 당국이 이 책의 출간을 원하지 않았기 때문이었다. 겨우겨우 책은 나왔지만 출간 부수가 대폭 낮춰진 상태로 배포되었고, 그마저도 곧 출간 금지되었다. 이미 서독에서 판매되고 있던 이 책이 동독의 시장에 다시 나온 건 3년이 지난 후였다. 이 시절은 볼프에게 삼십대 작가로서 보내는 창작의 전성기인 동시에 이루 말할 수 없는 고통의 나날들이기도 했다. 1976년 그는 시인 볼프 비어만의 시민권이 박탈당한 데에 항의하는 공개서한에 서명했고, 1989년에는 사회주의통일당SED을 탈당하여 동독의 개혁을 공개적으로 촉구했다. 단, 볼프는 어디까지나 사회주의자로서 동독 체제 내에서의 개혁을 주장했으며 서독에 의한 흡수 통일에는 반대하는 입장이었다.

볼프는 1959년부터 1962년까지 동독의 국가안보부(슈타지) 비공식 요원으로 활동한 사실이 밝혀져 많은 비난을 받았다. 나중에 명예는 회복되었지만 그는 이미 세상을 뜬 후였다.

Writing means
making things large.

글쓰기란
무언가를 확대하는 작업이다.

볼프가 구체제에 유대감을 느꼈던 건 사실이다. 동독에서 적지 않은 역할을 수행하고 있었고 존경도 받는 위치의 인물이었으니 자연스러운 일이다. 하지만 그는 결코 침묵으로 일관하지 않았다. 그 예로 장편소설 『나누어진 하늘』은 사회주의 국가 건설이라는 이상과 연인에 대한 사랑 사이에서 번민하는 한 동독 여성의 이야기로, 독일의 상황에 대한 고민을 소설로 담아낸 것이다.

독자들은 볼프의 저서에서 사회체제에 고통받았던 여성들을 만나게 된다. 사람들의 믿음을 얻지 못한 여자 예언자, 사랑을 해선 안 되는 여자, 전체주의 체제에서 있어서는 안 되는 '자살'을 한 카롤리네 폰 귄더로데(18세기 말 독일 낭만주의 시대의 시인)까지……. 볼프가 글을 쓰면서 동독 체제와 많은 마찰을 빚었을 거라는 추론이 가능하다. 어쩌면 9월 27일의 일기에는 '일기장을 들고 나의 은신처로 숨어버리고 싶었던' 볼프의 바람이 담겨 있는지도 모른다.

1931.2.18~2019.8.5

TONI
MORRISON

토니 모리슨

" ———————————————— "

당신이 정말로 읽고 싶은
책이 있는데 아직 그런 책이 없다면,
당신이 직접 써야 한다.

토니 모리슨은 여러 주요 문학상을 수상한 작가다. 소설 『재즈』를 통해 흑인 여성으로서는 최초로 노벨문학상을 수상했다. 2006년 『뉴욕 타임스 북 리뷰』에서 '지난 25년간 최고의 미국 소설'로 선정된 『빌러비드』로는 퓰리처상을 받았다.

클로이 앤터니 워퍼드Chloe Anthony Wofford라는 이름으로 태어난 그는 소녀 시절 '토니'라는 별명을 얻었다. 그로선 유감스럽게도, 지금 불리는 '토니 모리슨'이란 이름에서 '토니'는 소녀 시절의 별명이고, '모리슨'은 이혼한 전남편의 성이다. 모리슨을 잘 아는 친구들은 그를 "클로이"라고 부르며 이렇게 말할 것이다. "클로이가 책에 내 이야기를 썼어!"

모리슨은 1958년에 결혼했다가 1964년에 이혼했다. 그 이후에는 출판 편집자로 일했는데, 1968년부터는 랜덤하우스 출판사에서 흑인 작가들의 작품을 기획했다. 그는 이 시기에 새벽 4시에 일어나, 예전에 '푸른 눈'을 소재로 써보았던 단편을 장편소설로 바꿔 썼다. 1970년 첫 장편소설 『가장 푸른 눈』이 미국에서 출간된다.

모리슨은 작품을 통해 미국에 사는 흑인들의 역사를 이야기했다. 그것은 수세대를 거치면서 미국인들의 기억 속에서 사라진 이야기들이었다. 당시에는 흑인 학교 교사들조차 흑인 노예의 역사를 모를 정도였다! 해방된 노예들이 책을 읽거나 글을 배우는 것은 금기시되었기에 그들의 역사가 널리 알려지지 못했다.

TONI MORRISON
JD.

1970년대 말, 모리슨은 주거용 보트에 살았다. 이 보트는 화재로 소실되었는데, 안타깝게도 그가 소유했던 귀중한 물건들도 이때 함께 불타버렸다. 그는 이후에 맨해튼에서 북쪽으로 약 25킬로미터 떨어진 허드슨 강변에 살았다.

유감스럽게도 책상에 앉아 집필하는 모습을 담은 사진은 없다. 1993년에 『파리 리뷰』와 했던 인터뷰에 그의 프린스턴 대학교 연구실이 자세히 묘사되어 있을 뿐이다.

"천장이 높은 방의 사방 벽에는 헬렌 프랭켄탈러의 그림과, 어느 건축가가 모리슨의 작품에 등장하는 집들을 그려준 스케치들이 걸려 있다. 스케치 옆으로는 자신이 쓴 소설들의 표지를 액자에 넣어 걸어놓았다. 책상 위에는 머그잔이 놓여 있고 그 안엔 작품의 초고를 쓸 때 사용하는 HB 연필들이 꽂혀 있다. 어니스트 헤밍웨이가 보냈다는 사과문도 있었는데, 장난으로 만든 위조품이었다. 등받이가 높은 검은색 흔들의자와 커피 머신, 화분도 보였다."

모리슨은 인터뷰에서 연구실 정리가 안 되어 있다고 사과했지만, 책과 종이 더미가 쌓여 있는 책상은 깔끔해 보였다고 기자는 전한다. 아늑한 부엌 같은 느낌의 그 공간은 책에 관한 얘기를 듣기에 잘 어울리는 곳이었다고 한다.

If you can't imagine it,
you can't have it.

상상할 수 없다면 가질 수도 없다.

모리슨은 이 인터뷰에서 새벽 4시부터 글을 쓰는 이유를 밝혔다. 처음 글을 쓰던 시절엔 두 아들이 어렸기 때문에, 방해받지 않고 글을 쓰려면 새벽 시간밖에 없었는데, 이 습관이 후일 혼자 살게 되었을 때도 지속되었다는 것이었다. 그에게는 새벽 해 뜨기 전이 생각하기에 가장 좋은 시간이었다. "저는 매일 새벽에 일어나 커피를 끓입니다. 아직 동이 트기 전이지요. 그러고는 동이 트기를 기다립니다." 글쓰는 공간으로 들어가는 건 이 새벽 의식을 거친 다음이었다.

그는 작가에겐 언제, 어떤 조건에서 가장 창의적인 글쓰기를 할 수 있는지 정확히 아는 게 중요하다고 강조한다. 음악이 있는 공간이 좋은지, 그냥 조용한 환경이 좋은지, 아니면 차라리 떠들썩한 환경이 좋은지를 알아야 한다는 말이다. 모리슨 자신은 전화가 걸려오지 않고 이동할 필요도 없는 공간에서 커다란 책상에 앉아 글을 쓰길 꿈꾼다. 하지만 아직 그런 파라다이스를 찾진 못했다. 지금 그는 시간이 날 때, 주말이나 새벽에 글을 쓴다고 한다. 이제 자기 규율을 지킴으로써 글을 써야 한다는 압박감에서는 벗어났다는 뜻이다.

역시나 그답게, 모리슨은 하나의 원고를 마무리하기 위해선 고치고 또 고치는 과정을 겪는다. 글이 가장 만족스러워질 때까지.

"아이들이 어려서 글을 쓸 시간이 없다고 말하는 사람들이 있어요.

하지만 저는 그런 사람들과는 정반대입니다.

전 아이들이 태어나기 전에는 글을 전혀 쓰지 않았어요."

1932.10.27~1963.2.11

SYLVIA
PLATH

실비아 플라스

"─────────────────────"

창조력의 가장 큰 적은
자기불신이다.

실비아 플라스라고 하면, 한순간에 좌절된 원대한 꿈을 생각하게 된다. 자기 규율과 부지런함으로 큰 뜻을 이루려던 의지, 그러나 원하는 바를 충족하지 못한 이의 억압된 감정……. 겉으로는 즐겁고 성공한 삶을 살아가는 것처럼 보였던 그의 내면은 우울증과 자살 충동으로 부식되어갔다. 플라스는 자신이 상상하는 절대적 진실과 현실의 간극을 끝내 극복하지 못했다.

그는 서른 살에 가스 밸브를 열어둔 채로 오븐에 머리를 집어넣어 자살했다. '빅토리아 루카스'라는 필명으로 소설 『벨 자』를 출간하고 한 달 뒤의 일이었다. 갑작스런 죽음, 그리고 작품 속에 나타난 상실과 분노는 사후에 그를 여성운동의 상징으로 만들었다.

그는 1956년 영국인 시인 테드 휴즈와 결혼했다. 휴즈는 이미 유명 시인이었고 전통적인 부부간 역할 분담을 당연시하는 남자였다. 플라스는 대학 시절 우수한 성적으로 장학금까지 받은 재원이었지만, 이젠 남편이 글을 쓸 때면 자기는 집안일을 하고 아이들을 돌봐야 하는 처지가 되었다. 그야말로 덫에 걸린 것이다. 플라스는 자전적 소설 『벨 자』에서 자신이 걸려버린 덫의 위험성을 이렇게 경고했다.

"버디 월라드는 빤한 얘기라는 듯한 말투로 내게 말했다. 내게 아이가 생기면 생각이 달라질 거라고, 그때는 시를 쓰고 싶지 않을 거라고. 여자가 결혼을 해서 아이가 생기면 의식이 세뇌된다는 게 사실이란 생각이 들었다."

불안했던 결혼생활은 휴즈의 외도로 인해 1962년 9월에 끝났고 플라스는 두 아이를 혼자 키우게 되었다. 육아의 부담 속에서 그는 글을 쓸 시간을 힘겹게 확보해가며 몇 달 동안 시를 썼다. 이때 쓴 시들은 후일 많은 사랑을 받았으며 사후에는 시집 『에어리얼』로 출간되었다. 그의 책상 위에서 발견된 원고를 묶은 것이었다.

If I didn't think,
I'd be much happier.

내가 만약
생각이란 걸 하지 않았다면,
훨씬 행복했을 텐데.

플라스는 어디서, 어떤 조건에서 글을 썼을까? 휴즈와 플라스는 미국과 영국을 오가는 생활을 했고 영국에 체류할 때는 런던과 시골을 오가며 지냈다. 또한 각각 1960년과 1962년에 태어난 두 아이를 돌봐야 했던 플라스로서는 한시도 집을 떠날 수 없었다. 아이들 기저귀를 갈아 채우고 빨래를 하고 정원을 가꾸고 저녁이면 식사 준비를 해야 했다.

번역가 유타 카우센은 좀 다르게 설명한다. 부부가 살림살이와 육아, 그리고 글쓰는 일을 함께 했다는 것이다. "부부는 일을 나누어서 했어요. 오전에는 실비아가 책상에 앉아 글을 쓰는 대신 테드가 아이들을 돌보고, 오후에는 그 반대로 했죠."

이러한 관계가 언제부터 나빠진 걸까? 플라스가 남편보다 집안일을 많이 했던 걸까? 남편과 합의한 내용에 불만이 있었던 걸까? 살림살이와 글쓰는 일을 병행하려는 계획은 두터운 현실의 벽을 모르는 순진한 시도였을까? 그리하여 심신이 쇠약해졌던 걸까?

글을 쓰기에 불편했던 환경

두 장의 사진이 이 질문들에 조금이나마 실마리를 준다. 사진 속 플라스는 타자기를 옆에 두고 야외에 앉아 있다. 다른 사진 속에서도 집 앞 정원 의자 구석에 비슷한 자세로 앉아 있다. 글 쓰기엔 불편한 자세다. 종이와 메모지는 어디에 있을까? 누가 저런 장소에 타자기를 가져다놓았을까? 아니면 실제 글쓰는 공간을 보여주기 싫어서 일부러 연출한 걸까? 아이들의 엄마이자 가정주부 역할을 해야 하는 그에겐 집안에 글을 쓸 장소가 없었던 걸까?

2003년 개봉된 영화 <실비아>에서는 플라스 역을 맡은 기네스 펠트로가 부엌 식탁에 앉아 있는 장면이 나온다. 뒤로는 냉장고가 보이고 식탁 위에는 타자기와 종이, 연필, 메모지 등이 놓여 있다. 배경에는 책들이 꽂혀 있는 책장이 보인다. 그는 발을 식탁 위에 올려놓은 채 멍한 시선으로 앉아 있다.

어떤 자료에서는 플라스가 주로 새벽에 글을 썼다고 한다. 그가 하루 중 방해받지 않고 글쓰기에 몰두할 수 있던 유일한 시간이 새벽이었다는 것이다. "내가 글을 쓸 수 있을까? 많이 써보면 작품을 쓸 수 있을까? 작품을 잘 쓸 때까지 얼마나 많은 희생을 해야 할까?" 실비아가 1951년 9월에 쓴 일기에 나오는 구절이다. 작가는 깊은 불안감을 느끼면서 스스로에게 물었다.

그가 쓴 시에 이런 구절이 있다. "죽는 건 다른 것처럼 일종의 예술이지요. 나는 그걸 유별나게 잘해요."

1933.1.16~2004.12.28

SUSAN SONTAG

수전 손택

“ ——————————————————— ”

작가란 세상 모든 일에
관심을 갖는 사람이다.

"파리의 자그만 방안에서 등나무 의자에 앉아 타자기로 이 글을 쓴다. 창문 너머로 정원이 보인다. 나는 벌써 1년이 넘도록 이 삭막한 거처에 살면서 일을 하고 있다. … 내가 필요로 하는 단순함과 일시적인 고립감을 맛볼 수 있고, 의지할 수 있는 소수의 사람들과 함께 새로 시작할 수 있는 장소다."

수전 손택이 1970년대 초반에 쓴 글이다. 그는 세 살 무렵 책을 읽기 시작한 이후로 한 번도 독서를 멈춘 적이 없었다. 여섯 살 적에는 마리 퀴리의 전기를 읽고 화학자가 되겠다고 마음먹었던 적도 있었다. 유럽 문학과 작가들에게 매료된 손택은 발터 벤야민, 엘리아스 카네티, 장 폴 사르트로, 롤랑 바르트 등을 미국에 소개했다. 그는 늘 글을 쓰고 책을 읽었으며 대낮에 영화나 연극을 보러 가곤 했다.

오른쪽 위 사진의 손택은 타자기가 놓인 책상에 편안한 자세로 앉아 미소를 짓고 있다. 뒤쪽 책장엔 참고 서적들이 꽂혀 있다. 아직 책이 많지 않던 시기였다. 손에는 말보로 담배를 들었다. 꽃문양 커피잔, 여행 기념품, 작은 장식품 등이 보이는 안락한 작업 공간이다.

"스스로를 창조한 자기연출의 대가."

위의 말은 손택의 전기를 쓴 다니엘 슈라이버가 그를 두고 한 표현이다. 은빛과 검은빛으로 뚜렷하게 나눈 헤어스타일도 연출 아니었을까?

열일곱 살에 결혼하고 열아홉 살에 임신한 손택은 스물여섯에 이혼하여 파리로 건너갔다. 그는 동성애자 혹은 양성애자였던 것으로 알려져 있다. 프랑스의 여배우 잔느 모로와의 관계로 구설수에 올랐고 사진작가 애니 레보비츠와도 연인 관계를 맺었다. 외아들 데이비드 리프가 레보비츠의 딸 사라의 아버지라는 소문도 돌았지만, 손택은 사생활에 대해서는 침묵을 지켰다.

한나 아렌트처럼 손택도 완강한 지식인으로서, 고통스러운 상황에서도 결코 타협하지 않았다. 2001년 9·11 테러 이후 미국인들에게 "다 같이 슬퍼하자. 그러나 다 같이 바보가 되지는 말자"고 호소했을 때는 『뉴요커』 같은 언론조차 손택과 거리를 두려했다. 하지만 그런 압박도 그의 견해를 바꾸지는 못했다.

A writer, like an athlete,
must 'train' every day.

작가는 마치
운동선수처럼 매일매일
'훈련'해야 한다.

차가운 호수에 뛰어들다

손택은 자신에게 글쓰기는 차가운 호수에 뛰어드는 것과 같다고 말했다. 즉, 처음에는 호수에 뛰어들 엄두가 나지 않지만, 어느 순간 뛰어들고 나면 다시는 나오고 싶지 않게 된다는 말이다. 니체의 말을 인용한 것이었을까, 아니면 "글쓰기는 허공에 뛰어드는 것과 같다"는 나탈리 사로트의 말을 바꾸어 표현한 것이었을까? 그는 글쓰기에 뛰어들기 전이면 두려움과 걱정을 느낀다고 고백 했다.

하지만 두려움이나 걱정과 별개로, 손택은 구체적인 계획을 세워놓고 글을 쓰지는 않았다. 단, 한번 글쓰기에 몰입하면 다른 일은 아무것도 하지 않았다. 그는 노란색이나 하얀색 종이에 사인펜이나 연필로 글을 썼는데, 서두르지 않고 천천히 쓰는 걸 좋아했기 때문이다. 여러 번 수정해가면서 원고를 썼고, 두 번이나 세 번 수정하고 나면 이를 컴퓨터에 입력했다.

마흔 살 때 처음 암을 앓고 나서 손택은 질병에 관한 생각을 담은 에세이 『은유로서의 질병』을 썼다. 일흔 살 때 또다시 암이 재발했고 이번엔 암이 이겼다.

1935.6.21~2004.9.24

FRANÇOISE SAGAN

프랑수아즈 사강

────────────────────────

타인에게 피해를 주지 않는 한

나는 나를

파괴할 권리가 있다.

불과 열아홉 살 때 두 달 만에 쓴 장편소설로 단번에 유명해진 여자, 프랑수아즈 사강. 그는 1954년 프랑스 문단에 센세이션을 일으키며 등장했고, 그후 나이트클럽이나 카지노 등에 단골처럼 드나들었으며 신문 가십난에도 자주 이름을 올렸다. 사람들은 소설 『슬픔이여 안녕』 속의 성적 자유를 추구하는 주인공의 삶과 작가의 삶을 동일시했다. 그의 작품에는 지중해 해변을 빈둥거리거나 샴페인 잔을 손에 들고 있는, 걱정거리 없이 가볍게 살아가는 상류층 부르주아의 모습이 보였다.

스물두 살이었던 1957년, 스피드광이었던 사강은 엄청난 교통사고를 당해 심각한 부상을 입었으나 기적적으로 살아났다. 후유증으로 인한 극심한 고통을 가라앉히기 위해 모르핀을 처방받았는데, 이는 평생 헤어나지 못할 모르핀 중독으로 이어졌다. 그후 사치스러운 라이프스타일을 이어가는 듯 칸Cannes에 있는 칼튼 호텔에 묵으며 자신의 두번째 책을 썼다.

For me writing is a question of
finding a certain rhythm.
I compare it to the rhythms of jazz.

내게 글쓰기란 어떤 리듬을
찾아나가는 질문이다. 나는 그것을
재즈의 리듬과 비교한다.

불꽃 같은 삶

"즐겁기도 했지만 그만큼 망쳐버린 삶과 작품,

그의 죽음은 오로지 그 스스로 일으킨 스캔들이었다."

_프랑수아즈 사강 부고 기사 중에서

사강은 도박에도 탐닉했다. 교통사고를 당하고 1년이 지나 그는 도빌에 있는 카지노에 갔고, 룰렛 게임을 하다가 숫자 8에 돈을 걸고 8만 프랑(현재 122만 유로에 해당)이라는 어마어마한 돈을 땄다. 그길로 그는 임대해서 살던 집으로 돌아와 그 집을 사버렸다.

말년까지 살았던 에크모빌에 위치한 이 브뢰이유 저택은 숲속에 있는 한적한 집으로, 그가 주로 머물러왔던 혼잡한 곳들과는 사뭇 달랐다. 그는 이 집에서 강아지와 고양이, 말, 당나귀를 키우며 살았다. 하지만 나중에 집을 포기해야 했으니, 탈세 혐의로 유죄 판결을 받아 그동안 책을 써서 번 돈이 모두 세무서로 넘어가버린 것이다. 죽음을 얼마 앞둔 때였다.

사강의 사진들에는 단정한 모습과 무례해 보이는 모습이 섞여 있다. 하얀 블라우스, 정숙하게 다리를 꼬고 앉은 모습, 팔걸이 소파와 벽난로가 있는 실내, 불이 붙은 담배……. 그의 집을 방문했던 사람들의 말에 의하면, 야트막한 탁자는 온통 담뱃불 자국 투성이였다고 한다. 탁자 위에 재떨이가 있었는데도 담배를 아무데나 비벼 껐던 흔적이다.

『라이프』지에 실린 사진들을 보면 반항아 같은 모습이 역력하다. 침대에 누운 채로 레코드판을 턴테이블 위에 올려놓기도 하고 바닥에 엎드려 누워 타자기를 치기도 한다. 사강의 모습을 담은 사진들은 마치 『슬픔이여 안녕』이라는 제목의 화보집처럼 보이기도 한다. 한 사진에서는 부자연스러운 자세로 타자기 위에 손을 올려놓고 있다. 저런 자세로 글을 쓸 수 있을까 의문스러울 정도로.

1942.8.2~

ISABEL ALLENDE

이사벨 아옌데

" —————————————————— "

내가 가장 좋아하는 장소는
내 작품들 속에 있지 않다.
나는 남편, 그리고 반려견과 함께 사는
내 집을 가장 좋아한다.

1980년대 초반 군부독재를 피해 베네수엘라로 망명한 칠레 출신의 한 기자가 부엌 식탁에 앉아 있었다. 식탁 다리의 길이가 각각 달라서였을까, 아니면 저세상에서 온 영혼이 말을 거는 거였을까. 불안하게 흔들리는 이 부엌 식탁에서 기자는 소설을 썼다. 엄청난 히트를 거두며 기자를 세계적인 작가로 만들어준 이 소설의 제목은 『영혼의 집』이었다.

이사벨 아옌데는 1973년에 사망한 전 칠레 대통령 살바도르 아옌데의 조카딸이다. 대사관의 서기관이었던 그의 아버지는 아옌데가 세 살 때 행방불명되었다. 어머니와 결혼한 새아버지가 외교관이었기 때문에 그는 볼리비아, 레바논, 칠레 등 여러 대륙, 여러 나라를 오가며 살았다.

아옌데는 저널리스트로서 글쓰기를 시작했다. 1967년부터 칠레의 여성 잡지 『파울라』에서 기자로 일한 그는 TV 프로그램과 다큐멘터리 작가로서 글을 쓰기도 했다. 저널리스트로 인정받으면서도 그는 자신의 공정성과 객관성에 의문을 품고 있었고, 칠레의 시인 파블로 네루다를 인터뷰하면서는 네루다에게 이런 말을 듣기도 했다. "당신은 이 나라 최악의 저널리스트예요. 항상 말을 꾸며내죠. 문학 쪽으로 직종을 바꿔보는 게 어때요?" 베네수엘라 망명 시기, 정식 기자직을 구하는 것이 어려워지자 아옌데는 네루다의 말대로 소설을 쓰기 시작했다.

아옌데의 작품들은 독자들을 낯선 세계로 유혹한다. 그곳은 피할 수 없는 운명과 마법으로 가득한 세계다. 그는 독자들로 하여금 숨쉴 겨를도 없이 책장을 넘기도록 만든다. 독자들은 책을 읽는 사이에, 자기 삶을 잊고 작품 속 주인공들의 긴장감 넘치는 삶에 빠져들게 된다. 그는 소설 『아프로디테』에서 오직 한 가지를 목표로 하는 이야기를 독자들에게 전달한다. 그 목표란 바로 유혹과 성적 자극이다.

장미가 피어 있는 집

아옌데의 모든 책은 자신이 '카시타Casita'라고 이름붙인 공간에서 탄생했다. 이곳은 그가 예전에 살던 캘리포니아 저택의 수영장에 붙어 있는 집이다. 이곳에는 늘 싱싱한 장미꽃이 피어 있다. 밝은색 목재로 만든 카시타는 그에게 성스러운 장소이자 도피처다. 어설프고 볼품없는 둥근 테이블 옆에는 오래된 지구의가 세워져 있고 옆에는 책들이 쌓여 있다. 서가에는 액자에 끼워진 사진들이 놓여 있다. 등받이가 있는 침대 겸용 소파도 있다. 글이 잘 써지지 않을 때나 작품을 탈고했을 때, 아니면 하루 열네 시간에 달하는 집필 시간에 틈틈이 휴식을 취하려고 쓰는 소파일까? 현대적인 물건이라면 애플 사 제품인 커다란 아이맥 컴퓨터가 유일하다. 전화도, 이메일도, 팩스도 쓰지 않는다.

아옌데는 새로운 책의 집필을 늘 1월 8일에 시작한다. 그날은 아옌데가 첫번째 장편소설 『영혼의 집』을 쓰기 시작한 날짜다. 그는 모닝커피를 마시고 나면 완벽하게 옷을 차려입고 화장을 마친 후 서재로 들어간다. 그러고는 촛불을 켜고 어머니에게 편지를 쓴다.

그는 새로운 작품의 집필을 시작하면 흡사 수도승 같은 생활을 한다고 밝힌 바 있다. 소설이 완성될 때까지는 극장과 레스토랑을 비롯해 아무데도 가지 않는다. 자신의 온갖 욕망을 작품 속에 담겠다는 의지의 발현인 듯하다.

Writing is like making love.
Don't worry about the orgasm,
just concentrate on the process.

글쓰기는 사랑을 나누는 것과 비슷하다.
오르가슴을 의식하지 말고 그저 과정에만 집중하라.

1944.2.9~

ALICE WALKER

앨리스 워커

" ———————————————— "

글쓰기는
죄악과 폭력의 괴로움으로부터
나를 구했다.

앨리스 워커는 미국 남부에 살던 농부 가정의 여덟째 아이였다. 여덟 살이 되던 해에, 오빠가 실수로 쏜 장난감 총알이 워커의 오른쪽 눈에 맞고 말았다. 자동차도 없어서 신속하게 병원에 데려다주지 못한 탓에 워커의 한쪽 눈은 점점 침침해졌고 결국 실명하기에 이르렀다. 이 장애 때문에 워커는 내성적이고 수줍어하는 아이로 자랐고, 친구들과 함께 뛰어노는 대신 책을 읽거나 시를 쓰는 것을 위로로 삼으며 지냈다. 다행히도 열네 살에 눈 수술을 받고 나서는 학교 졸업생 대표로 뽑혔을 만큼 인기 있는 학생이 되었고, 상처로 인한 트라우마 때문인지 워커는 주위의 사람과 사물에 깊은 관심을 가지고 관찰하는 인간이 되었다.

워커는 1982년에 미국에서 출간한 소설 『컬러 퍼플』로 퓰리처상과 내셔널 북 어워드를 수상했다. 이 책이 스티븐 스필버그 감독에 의해 영화화되면서 더욱 큰 명성도 얻었지만 사람들의 거센 비난 또한 따라왔다. 흑인 사회에서조차 워커가 남성들을 지나치게 폭력적이고 여성을 억압하는 존재로만 묘사했다고 비난했다.

하지만 워커가 비난거리를 제공한 건 이번이 끝이 아니었다. 그는 비난을 두려워하지 않는 '불편한 여성'으로서, 흑인 인권운동이나 평화운동에 참여하는 등 적극적인 활동가로서의 삶을 살아왔다. 그는 백인 중산층 중심의 페미니즘에 반발하는 '우머니

즘'의 주창자이기도 하다. 이스라엘과 미국의 팔레스타인 정책에 대해 언급하며 이들 두 나라를 "테러 조직"이라고 규정하여 많은 비난을 받기도 했으며, 이로 인해 이스라엘 출판사에서 『컬러 퍼플』의 재판 발행이 금지된 적도 있었다.

아래 보이는 종이를 오려서 만든 듯한 <컬러 퍼플> 영화 포스터는 분명한 메시지를 전하고 있다. "한 여인이 편지를 읽고 있다. 편지의 내용이 그의 감정을 일깨운다. 그는 이제 자유다. 감옥을 연상케 하는 커튼과 창살 너머로 자유의 태양이 떠오른다."

영화 <컬러 퍼플> 포스터

"맞서 싸워야 해, 실리"

워커의 대표작『컬러 퍼플』은 1930년대 미국 남부 여성들이 받았던 억압을 그린 사회고발적 작품이다. '바보스럽다'는 뜻의 단어 "silly"와 발음이 비슷한 '실리Celie'라는 이름의 주인공은 의붓아버지에게 수차례 성폭행을 당하고 그로 인해 두 번이나 아이를 낳는다. 결혼으로 집을 벗어나게 되었지만 결혼 상대는 아버지만큼이나 폭력적인 남자 앨버트였다. 이 남자는 실리를 하녀처럼 부리고 집에 정부를 들이기까지 하는데도, 실리는 남편의 모든 것을 받아들이고 그에게 복종한다. 하지만 여동생 네티가 자기에게 보낸 편지들을 남편이 수년 동안 숨겼다는 사실을 알게 되면서 실리는 남편을 죽일 생각까지 품게 된다. 나중에 겨우 여동생과 연락이 되었을 때 실리는 비로소 남편에게서 도망칠 용기를 낸다.

이 장편소설은 서간체 소설이다. 소설의 주인공처럼 실제로도 워커는 많은 양의 편지를 써왔으며, 이 서신들은 조지아 주 에모리 대학에 보관되어 있다.

I have written to stay alive.

나는 살아남기 위해 글을 썼다.

소설 『새로운 나여, 안녕』의 헌사에서 워커는 자신에게 글쓰기가 어떤 의미를 지니는지 간접적으로 나타낸 적이 있다. 여기서 그는 소설의 주인공 케이트 넬슨의 이름에 얽힌 사연을 밝힌다.

"내 아버지의 어머니는 아버지가 어린아이였을 때 살해당했다. 할아버지인 헨리 클레이 워커와 결혼하기 전에 할머니의 이름은 케이트 넬슨이었다. 이 책은 할머니가 살아 있었다면 이런 모습으로 늙으셨으리라 생각되는 영혼의 탐험가를 기리기 위한 것이다. 나는 이 소설을 쓰면서 내가 그를 얼마나 보고 싶어하는지를 알게 되었다. 그리고 이전부터 얼마나 그리워해왔는지도."

소설 『컬러 퍼플』 원고

1946.10.20~

ELFRIEDE JELINEK

엘프리데 옐리네크

" —————————————————— "

내 작품 속 인물들은
언어를 걸어놓는 옷걸이에 불과하다.

"나는 내 책상에 앉아야만 글을 쓸 수 있다."

엘리네크는 예전부터 펜으로 시를 써왔지만, 요즘은 컴퓨터로만 작업한다. 펜을 너무 세게 눌러 쓰다보니 필기도구가 남아나지 않았던 것이다. 1984년부터 컴퓨터를 사용한 그는 이 기계를 집필 도구로 처음 사용한 여성 작가 중 한 사람이 되었는데, 남편이 컴퓨터 전문가라는 이유도 한몫했다. 그는 키보드를 이용하여 열 손가락으로 매우 빠르게 글을 쓴다. "빨리 써야 생각을 글로 옮기는 데 따르는 저항을 가능한 한 줄일 수 있으니까요." 엘리네크는 이른 아침에 두세 시간 글을 쓰고 나면 그후엔 더이상 쓰지 않는다.

엘리네크는 늘 본인의 서재에서만 집필한다. 그는 빈 외곽에 살았는데, 글쓰기에 전념하는 데는 좋은 조건이었다. "들르는 사람도 거의 없어 방해받을 일도 없다"는 게 그의 말이다.

엘리네크는 질서정연한 환경에서 집필하는 것을 매우 중요시 했기에 자신이 정해놓은 작업 시간, 정해놓은 장소에서만 글을 썼다. 그런 조건을 갖춘 뒤 머릿속에서 카오스의 세계를 창조해 글로 옮겼다. "카오스적인 내용의 글을 쓸 때도 주변 정리는 잘되어 있어야 했다. 글쓰기는 카오스에 질서를 부여한다." 또한 그는 자신의 작품들이 스스로 쓰인다고 말하기도 했다. "책상에 앉았을 땐 그날 무엇을 써야 할지 어슴푸레 떠오를 뿐이다. 나중에 살펴보면 생각했던 것과는 전혀 다른 내용이 써져 있는 일도 적지 않았다."

"삶을 살아갈 수 없는 사람은 글을 써야 한다."

엘리네크는 거의 평생 동안 집에서 어머니, 그리고 치매에 시달리던 아버지와 함께 살았다. 목판으로 만든 그의 책상은 어두운 방에 놓여 있었고 구석에는 둥근 커피 테이블이 있었다. 응접실 역시 우울한 느낌이 들 만큼 어두침침했다. 밝은 바닥과 비치된 피아노조차 그 분위기를 밝게 해주진 못했다.

딸을 음악 신동으로 키우려 했던 어머니 덕분에 엘리네크는 음악학교에서 파이프 오르간과 플루트, 피아노, 작곡을 공부했다. 하지만 어머니의 지나친 욕심과 친구 없는 외로운 생활은 결국 그를 정신불안 상태로 몰고갔다.

다른 아이들이 뛰노는 시간에 음악을 연습해야 했던 이 어린 시절에 대해서는 자전 소설 『피아노 치는 여자』에 묘사되어 있다. 이 책이 그에게 안겨준 노벨문학상 증서는 피아노 위에 놓여 있다. 하지만 정작 그가 피아노를 치는 일은 거의 없다.

엘리네크의 불안 증세는 고등학교를 졸업한 후 더욱 심해졌다. 결국 정규 학업과 음악학교를 그만둬야 했을 뿐 아니라 바깥 나들이가 힘들 지경까지 되었다. 불안은 그를 글쓰기에 더욱 몰두하게 만들었다. 2004년, 엘리네크는 노벨문학상 수상자로 선정되었지만 시상식에 참석하지 못했다. 또다시 재발한 불안증 때문이었다. 이에 많은 사람들은 그의 무례한 태도를 비난했다. 그후로도 엘리네크는 거의 공개 석상에 나오지 않는다.

When I write, I have always tried
to be on the side of the weak.
The side of the powerful is not
literature's side.

나는 글을 쓸 때면
언제든 약한 쪽에 서려고 노력한다.
강한 쪽은 문학이 설 곳이
아니니까.

1974.8.18~

NICOLE
KRAUSS

니콜 크라우스

" ——————————— "

글로써 서술되지 않는
세계에 사는 것은
너무나 외로운 일이다.

괴물 같은 거대한 책상

"나는 그걸 좋아하지 않는다.
그 물건은 내가 사는 집의 전 주인에게 물려받은 것인데
벽에 견고하게 붙어 있어서 집밖으로 옮기려면
몇 토막으로 잘라내야 할 것 같다."

"그 물건"이란 니콜 크라우스의 책상을 말한다. 책꽂이와 여러 개의 서랍이 달린 이 짙은 색 책상은 브루클린에 위치한 크라우스의 집 위층 방에 있다. 전 집주인이 남기고 간 것인데, 너무 무겁고 커서 처분하지도 못하고 그냥 그 위에서 글을 쓴다는 그의 말에서는 왠지 모를 체념도 느껴진다. 『위대한 집』은 이 괴물 같은 거대한 책상에서 영감을 얻어 쓴 장편소설이다.

소설에서는 뉴욕과 런던, 옥스퍼드, 그리고 예루살렘에서 각기 다른 시대에 서로 다른 삶을 살았던 네 화자들의 이야기가 이어진다. 먼저, 등장인물 나디아는 작가로서, 칠레 출신의 젊은 시인 다니엘 바르스키가 고국으로 돌아가면서 그에게 책상을 물려받는다. 이후 바르스키는 칠레에서 피노체트의 비밀경찰에게 끌려가 행방이 묘연해진다. 그런데 사실 바르스키 역시 책상을 물려받았을 뿐, 원래의 주인은 아니었다. 런던에 사는 유대인 로테 버그가 바르스키를 아들처럼 여겨 자신의 책상을 그에게 건넨 것이었다. 다음엔 이 책상의 원래 주인이었던 와이즈가 등장한다.

I tried to write about real things,
because to live in an undescribed
world was too lonely.

나는 실제로 존재하는 것들에 대해 쓰려고 했다.
글로써 서술되지 않은 세계에서 사는 것은
너무나 외로운 일이기 때문이다.

와이즈는 제2차세계대전 중 나치가 훔쳐간 가구들을 되찾기 위해 골동품상이 되어 전세계를 돌아다녔다. 이 책상도 그 가구들 가운데 하나였다.

"방 건너편의 나무 책상을 바라보았지요. 나는 저 책상에서 소설 일곱 권을 썼고, 당시엔 여덟번째 장편소설이 될 원고와 메모지가 수북하게 쌓여 있었어요. 서랍 하나가 살짝 열려 있었어요. 책상에 달린 열아홉 개의 서랍 중 하나였죠. 크고 작은 서랍들이 짝도 안 맞고 배열도 아주 이상했지요. 그런데 막상 저 책상이 내 곁을 떠날 거란 생각을 하니, 짝도 안 맞는 서랍 숫자와 이 이상한 배열이 제 삶을 이끌어준 어떤 질서를 상징한다는 사실을 깨달았어요. 각기 다른 크기의 서랍 열아홉 개, 어떤 서랍은 책상 아랫부분에 있고 또다른 서랍은 책상 위에 있었는데 그 평범한 쓰임새 (여기저기에 우표들과 종이 집게들이 들어 있었죠) 너머에 훨씬 복잡한 구상이, 수천 일 동안 서랍을 바라보면서 생각하고 만들어낸 정신의 청사진이 숨어 있었어요." _『위대한 집』 중에서

아쉽게도 이 책상이 담긴 사진은 없다. 크라우스가 직업과 사생활을 엄격하게 구분하다보니 집에 기자들을 들인 적이 없었기 때문이다. 어쨌든 크라우스는 그 책상에서 멋진 소설을 썼다. 상상해본다. 크라우스의 책상에는 비밀 서랍들이 있을 거라고. 그의 작품 속 주인공들은 이 비밀 서랍 안을 뒤져가며 찾아낸 거라고.

사진 속의 크라우스는 어딘가 세상과 거리를 둔 여성의 모습이다. 그는 조심스럽게, 때로는 탐색하는 시선으로 세상을 바라본다. 대개 고개를 옆으로 돌린 채 앞을 바라보고 있으며, 똑바로 앉아 정면을 향한 사진은 드물다. 자택의 계단이나 책상에 앉아 있는 모습도 있다. 크라우스의 작품 속에 등장하는 여성 방랑자나 탐구자들을 형상화한 모습이 그 자신에게서 엿보인다.

참고문헌

Verena Auffermann/Gundhild Kübler/Ursula März/Elke Schmitter: Leidenschaften. 99 Autorinnen der Weltliteratur, München 2009.

Louise Borg-Ehlers: Das Glück des Schreibens. Englische Schriftstellerinnen und ihre Lebensorte, Berlin 2009.

Colette: … ab sofort Rue de Seine. Vom Glück und Unglück des Umziehens, Berlin 2001.

Marguerite Duras: Mythos und Wahrheit, München 1997.

Gisèle Freund: Photographien, München 1985.

Areti Georgiadu: »Das Leben zerfetzt sich mir in tausend Stücke.« Annemarie Schwarzenbach. Eine Biographie, Frankfurt am Main 1995.

Hans-Jürgen Heinrichs: Schreiben ist das bessere Leben. Gespräche mit Schriftstellern, München 2006.

Patricia Highsmith. Leben und Werk. Herausgegeben von Franz Cavigelli, Fritz Senn und Anna von Planta, Zürich 1996.

Michaela Karl: »Noch ein Martini, und ich lieg unterm Gastgeber«. Dorothy Parker. Eine Biografie. München 2012.

Herlinde Koelbl: Im Schreiben zu Haus. Wie Schriftsteller zu Werke gehen. Fotografien und Gespräche, München 1998.

Alexandra Lavizzari: Fast eine Liebe. Annemarie Schwarzenbach und Carson McCullers, Berlin 2008.

Erica Lennard und Francesca Premoli-Droulers: Dichter und ihre Häuser, München 1999.

Marie-Dominique Lelièvre: Sagan à toute allure, Paris 2008.

Elsemarie Maletzke: Jane Austen. Eine Biographie, München 2009.

Elsemarie Maletzke: Elizabeth Bowen. Eine Biographie, München 2008.

Verena Mayer und Roland Koberg: Elfriede Jelinek. Ein Porträt, Reinbek bei Hamburg 2006.

Ralf Nestmeyer: Französische Dichter und ihre Häuser, Frankfurt am Main 2005.

Sandra Petrignani: Wo Dichterinnen zu Hause sind, Besuche bei Tania Blixen, Virginia Woolf und vielen anderen, München 2006.

Sven Perrig: Am Schreibtisch großer Dichter und Denkerinnen. Eine Geschichte der literarischen Arbeitsorte, Zürich 2011.

George Plimpton (Hrsg.): Women Writers at Work. The Paris Review Interviews, New York 1998.

Josyane Savigneau: Marguerite Yourcenar. Die Erfindung des Lebens, Frankfurt am Main 1996.

Alexis Schwarzenbach: Auf der Schwelle des Fremden. Das Leben der Annemarie Schwarzenbach, München 2011.

Barbara Sichtermann: 50 Klassiker. Schriftstellerinnen, Hildesheim 2009.

Hans-Günter Semsek: Englische Dichter und ihre Häuser, Frankfurt am Main 2001.

Armin Strohmeyr: George Sand, Leipzig 2004.

Martin Wiebel (Hrsg.): Hannah Arendt. Ihr Denken veränderte die Welt. München 2013.

도판 크레디트

글쓰는 여자의 공간

초판 1쇄 발행 2016년 1월 28일
개정판 1쇄 발행 2020년 9월 10일

지은이 타니아 슐리
옮긴이 남기철

편집 고미영 이채연
디자인 위앤드(정승현)
마케팅 백윤진 이지민 송승헌
홍보 김희숙 김상만 지문희 우상희 김현지
제작 강신은 김동욱 임현식
제작처 더블비(인쇄) 중앙제책사(제본)

펴낸이 고미영
펴낸곳 (주)이봄
출판등록 2014년 7월 6일 제406-2014-000064호
주소 10881 경기도 파주시 회동길 455-3
전자우편 yibom@yibombook.com
팩스 031-955-8855
문의전화 031-955-9981

ISBN 979-11-90582-34-6 02800

• 이 도서의 국립중앙도서관 출판예정도서목록(CIP)은 서지정보유통지원시스템
  홈페이지(http://seoji.nl.go.kr)와 국가자료종합목록 구축시스템(http://kolis-net.nl.go.kr)에서
  이용하실 수 있습니다. (CIP 제어번호: CIP2020035715)

🐦 ⓕ springtenten   🅾 yibom_publishers